世说新语
六朝异闻

罗龙治 —— 编撰

九州出版社
JIUZHOUPRESS

图书在版编目（CIP）数据

世说新语：六朝异闻 / 罗龙治编著. -- 北京 ： 九州出版社，2018.11

ISBN 978-7-5108-7552-6

Ⅰ．①世… Ⅱ．①罗… Ⅲ．①笔记小说－中国－南朝时代 Ⅳ．①I242.1

中国版本图书馆CIP数据核字(2018)第242769号

世说新语：六朝异闻

作　　者	罗龙治
责任编辑	张艳玲
出版发行	九州出版社
地　　址	北京市西城区阜外大街甲35号（100037）
发行电话	(010)68992190/3/5/6
网　　址	www.jiuzhoupress.com
电子信箱	jiuzhou@jiuzhoupress.com
印　　刷	三河市兴博印务有限公司
开　　本	787毫米×1092毫米　32开
印　　张	9.75
字　　数	192千字
版　　次	2019年3月第1版
印　　次	2019年3月第1次印刷
书　　号	ISBN 978-7-5108-7552-6
定　　价	52.00元

用经典滋养灵魂

龚鹏程

每个民族都有它自己的经典。经，指其所载之内容足以做为后世的纲维；典，谓其可为典范。因此它常被视为一切知识、价值观、世界观的依据或来源。早期只典守在神巫和大僚手上，后来则成为该民族累世传习、讽诵不辍的基本典籍。或称核心典籍，甚至是"圣书"。

佛经、圣经、古兰经等都是如此，中国也不例外。文化总体上的经典是六经：《诗》、《书》、《礼》、《乐》、《易》、《春秋》。依此而发展出来的各个学门或学派，另有其专业上的经典，如墨家有其《墨经》。老子后学也将其书视为经，战国时便开始有人替它作传、作解。兵家则有其《武经七书》。算家亦有《周髀算经》等所谓《算经十书》。流衍所及，竟至喝酒有《酒经》，饮茶有《茶经》，下棋有《弈经》，相鹤相马相牛亦皆有经。此类支流稗末，固然不能与六经相比肩，但它各自代表了在它那一个领域中的核心知识地位，却是很显然的。

我国历代教育和社会文化，就是以六经为基础来发展的。直到清末废科举、立学堂以后才产生剧变。但当时新设的学堂虽仿洋制，却仍保留了读经课程，以示根本未隳。辛亥革命后，蔡元培担任教育总长才开始废除读经。接着，他主持北京大学时出现的"新文化运动"更进一步发起对传统文化的攻击。趋势竟由废弃文言，提倡白话文学，一直走到深入的反传统中去。论调越来越激烈，行动越来越鲁莽。

台湾的教育、政治发展和社会文化意识，其实也一直以延续五四精神自居，以自由、民主、科学为号召。故其反传统气氛，及其体现于教育结构中者，与当时大陆不过程度略异而已，仅是社会中还遗存着若干传统社会的礼俗及观念罢了。后来，台湾朝野才惕然憬醒，开始提倡"文化复兴运动"，在学校课程中增加了经典的内容。但不叫读经，乃是摘选《四书》为《中国文化基本教材》，以为补充。另成立文化复兴委员会，开始做经典的白话注释，向社会推广。

文化复兴运动之功过，诚乎难言，此处也不必细说，总之是虽调整了西化的方向及反传统的势能，但对社会普遍民众的文化意识，还没能起到警醒的作用；了解传统、阅读经典，也还没成为风气或行动。

二十世纪七十年代后期，高信疆、柯元馨夫妇接掌了当时台湾第一大报中国时报的副刊与出版社编务，针对这个现象，遂策划了《中国历代经典宝库》这一大套书。精选影响国人最为深远的典籍，包括了六经及诸子、文艺各领域的经典，遍邀名家为之疏解，并附录原文以供参照，一时朝野震动，风气丕变。

其所以震动社会，原因一是典籍选得精切。不蔓不枝，能体现传统文化的基本匡廓。二是体例确实。经典篇幅广狭不一、深浅悬隔，如《资治通鉴》那么庞大，《尚书》那么深奥，它们跟小说戏曲是截然不同的。如何在一套书里，用类似的体例来处理，很可以看出编辑人的功力。三是作者群涵盖了几乎全台湾的学术菁英，群策群力，全面动员。这也是过去所没有的。四，编审严格。大部丛书，作者庞杂，集稿统稿就十分重要，否则便会出现良莠不齐之现象。这套书虽广征名家撰作，但在审定正讹、统一文字风格方面，确乎花了极大气力。再加上撰稿人都把这套书当成是写给自己子弟看的传家宝，写得特别矜慎，成绩当然非其他的书所能比。五，当时高信疆夫妇利用报社传播之便，将出版与报纸媒体做了最好、最彻底的结合，使得这套书成了家喻户晓、众所翘盼的文化甘霖，人人都想一沾法雨。六，当时出版采用豪华的小牛皮烫金装帧，精美大方，辅以雕花木柜。虽所费不赀，却是经济刚刚腾飞时一个中产家庭最好的文化陈设，书香家庭的想象，由此开始落实。许多家庭乃因买进这套书，而仿佛种下了诗礼传家的根。

高先生综理编务，辅佐实际的是周安托兄。两君都是诗人，且侠情肝胆照人。中华文化复起、国魂再振、民气方舒，则是他们的理想，因此编这套书，似乎就是一场织梦之旅，号称传承经典，实则意拟宏开未来。

我很幸运，也曾参与到这一场歌唱青春的行列中，去贡献微末。先是与林明峪共同参与黄庆萱老师改写《西游记》的工作，继而再协助安托统稿，推敲是非、斟酌文辞。对整套书说不上有什么助益，自己倒是收获良多。

书成之后，好评如潮，数十年来一再改版翻印，直到现在。经典常读常新，当时对经典的现代解读目前也仍未过时，依旧在散光发热，滋养民族新一代的灵魂。只不过光阴毕竟可畏，安托与信疆俱已逝去，来不及看到他们播下的种子继续发芽生长了。

当年参与这套书的人很多，我仅是其中一员小将。聊述战场，回思天宝，所见不过如此，其实说不清楚它的实况。但这个小侧写，或许有助于今日阅读这套书的大陆青年理解该书的价值与出版经纬，是为序。

人文艺术的活动影片

罗龙治

《世说新语》由许多精彩的小故事组成。这些故事分开来看，处处闪耀着生活的智慧；合起来看，便是一幅人文社会的实相。

这本书原来的名称叫作《世说》，梁、陈时代改称《世说新书》，唐人称为《世说新语》，宋人称为《晋宋奇谈》，现代都通称为《世说新语》。在这里，为通俗起见，我又把它称为《六朝异闻》。

本书的原作者刘义庆，是南朝刘宋宗室。他生平最喜欢文学。在出任江州刺史的时候，他请袁淑、陆展、何长瑜、鲍照诸人，助他完成《世说》之作。

在《世说》的舞台上，约出场六百人。他们每个人都有各自的来历，换句话说，他们都是历史上真实的人物，生活在汉魏到晋宋时期（150—420）之间，活动在长江和黄河流域，范围相当辽阔。

本书五六百条故事，可以说是汉魏晋宋时期，大传统（指上层社会）人文艺术的活动影片。刘义庆以文学家的态度，把历史的素材，加上他的想象、渲染，来完成他这本创造性的著作。在这里，我要特别强调《世说》的文学性质。因为刘义庆创作的态度，确是倾向于"文学的""小说的"，而不是"历史的"。所以，《隋书·经籍志》把《世说》列入了"小说家"类。

从"小说"发展史的立场来说，汉魏晋宋的小说，是以"鬼神"为本位的"志怪"体。但刘义庆的小说，则以"人"为本位，有意识地去反映社会现实，刻画人性，这一伟大的意义，便是唐人短篇小说（传奇）的先导。

在刘义庆所创造的《世说》世界中，最值得欣赏的，或说最有文学价值的地方，便是他展示了一幅人文社会的实相。在这里，你可以看到善，也可以看到恶；可以看到真，也可以看到假，这就叫作"实相"。如果刘义庆所创造的世界，只有善，没有恶，只有真，没有假，那么它便是一个虚构的"伪善""伪真"的世界。这种世界，只有教条，是绝不会有什么生活的智慧可以提供的。

这次我把《世说》改写成通俗的白话故事，主要的用意，就是要我们的读者朋友，在轻松愉快的心情下，来欣赏这些可爱的故事。只要你看懂了这些故事，自然就会明白它为什么是"经典"。如果你看不懂这些故事，便盲信它就是"经典"，那么我们将一直停留在"圣化"的社会，而不能很快地进入"世俗化"的社会。一个现代化的社会，知识必须普及。"经典"的地位，必须由"神圣"变成"世俗"才行。

在每个人成长的过程之中，当他的智力发展到某一个阶段时，应当会自我提出一个问题："道德是什么？"那么，各位读者朋友，你曾经想过这个问题吗？什么样的人，才算真正有道德？在你的生活之中，究竟是你在支配道德，还是道德在支配你呢？本书中有德行篇，有方正篇，但德行和方正篇中的主人公，都是真正有道德的人吗？桓温读了《高士传》，愤怒地把它掷在地上。为什么呢？是桓温错了呢，还是《高士传》里的人不近人情呢？

什么样的人，才算真正会说话？不说话的人，便是不会说话的人吗？当两个人在辩论，辩到后来，有一个人不说话了，那个不说话的人，一定是输了吗？清谈名家刘惔说话如行云流水，但是到头来，他为什么会特别欣赏那些不说话的人呢？庄子说："我一辈子说了那么多话，其实我没有说过一句话。"这话是什么意思呢？

有知识的人，一定就有做事的能力吗？有道德的人，一定就有行政的能力吗？文学家同时一定是道德家吗？政治家的道德和一般人的道德是相同的吗？传统儒家培养一个"君子"，要他具备四种本事，德行、言语、政事、文学。但事实上，孔子门徒中，哪个人真正具有这四种本事呢？

儒家的理想主义，经过春秋战国到两汉的实验，在现实社会上，遭到很大的挫败，所以汉魏晋宋的知识分子，对儒家做了许多修正和扩充。这一时期，道家、佛家、法家的思想都起来和儒家分庭抗礼了。《世说》三十六篇的分类，便是说明儒学大解体后，人性落实在社会层面上所展现的复杂的实相。

本书卷首四篇：德行、言语、政事、文学，是儒家原有的分类。卷中、卷下共有三十二篇，是刘义庆所创作的新的分类。卷中包括：方正、雅量、识鉴、赏誉、品藻、规箴、捷悟、夙慧、豪爽九篇。卷下包括：容止、自新、企羡、伤逝、栖逸、贤媛、术解、巧艺、宠礼、任诞、简傲、排调、轻诋、假谲、黜免、俭啬、汰侈、忿狷、谗险、尤悔、纰漏、惑溺、仇隙二十三篇。用这三十二种实相来观察、透视社会人性的复杂，是不是一个非常伟大的文学结构？作者对于这个社会，如果不是具有无量的同情、无量的慈悲，哪会留下这样伟大的文学杰作？因此，这本书和同一时期北朝杨衒之所写的《洛阳伽蓝记》，应该并列为"南北双璧"。

《世说》的原文非常优美而精简，所以，刘义庆原著《世说》（八卷本）传世以后，梁朝的刘峻（孝标）第一个为他作注，以减少阅读上的困难。后代为《世说》作笺证的学者更多了，像余嘉锡有《世说新语笺疏》，程炎震有《世说新语笺证》，刘盼遂和沈剑知有《世说新语校笺》，赵冈有《世说新语刘注考》，张舜徽有《世说新语注释例》。此外，贺昌群、周一良有《世说新语札记》，陈直有《读〈世说新语〉札记》。香港中文大学新亚书院的杨勇教授，总结前人的笺证札记，搜集了二百四十种以上的资料来完成《世说新语校笺》。这次我改写《世说》成为通俗的白话故事，就是以杨教授的校笺做底本的。于此，特别向他致谢。

我这改写本的《世说》，书中三十六篇的篇名，悉按原书排列，没有什么更动。各篇下的子题，是改写后加上去的，原书没有这些标题。每条故事的含义视需要的情况，利用各标题作提示。有些标题使用文言，那是为了保留成语的缘故。

每条故事，都从原书中采选，总数约占原书百分之九十以上。至于故事的内容，则为了通俗化、趣味化起见，我把笺证中的材料，大量采入。所以这本《世说》的改写工作，不是白话直译的，不可以直接用原文来对照。这是必须向读者说明的。

我在七八月间，伏身花莲海边的和南禅院，倾全力做本书的改写工作。有一天，我听到一个故事：中峰圭密禅师，十九岁便做了寺院的住持，后来有个国师故意为难他说："你才十九岁，怎么有资格做住持呢？"圭密应声答道："你说这话，就没有资格当国师。我是用我的智慧做住持，不是用我的年龄做住持。"这个故事很好。我们每个人都应该用智慧做住持。

那么，就请你好好看这本《世说》的故事吧。到时候，你一定会发现《世说》蕴藏着生活的智慧，社会的实相。

本书改写的时间，十分仓促。错误之处，敬请批评指正是幸。

目 录

德行第一

陈蕃礼重名士

东汉大学者陈蕃，一言一行都可作为士林典范。他每次登车，手把缰绳的姿态，都有澄清天下的气概。

有一次，他出任豫章太守，车驾刚到豫章，他立刻就说："我要先去看看徐稚。"随从的秘书说："大家的意思是想请太守先看看官署，安顿一下再说。"陈蕃道："那怎么行！古人礼贤都席不暇暖，徐稚是豫章名士，我要先去看他，有何不可。"

徐稚的故事，见《后汉书·徐稚传》。徐稚是豫章人，超世绝俗。往年陈蕃为了礼遇他，特别在豫章设置了一副别榻。每当二人见面以后，陈蕃就叫人把那别榻悬挂起来，不准他人使用。

黄宪澄之不清，扰之不浊

郭泰到汝南去拜访名士袁阆（láng），刚下车不久，便又回来上车走了。后来他又去造访黄宪，却一去就住两三天，简直是流连忘返。

有人问郭泰："那黄宪是个牛医的儿子，你怎么这样喜欢他呢？"郭泰答道："你们只知道黄宪是兽医的儿子，却不知道那人器量广大，澄之不清，扰之不浊。你说一个人有这样的雅量，我能不喜欢他吗？"

周乘有自知之明

周乘很喜欢黄宪。他经常对人说："我只要十几天或一个月没有看到黄宪，便会觉得自己龌龊不堪，那鄙吝的老毛病又会发作了。"

难兄难弟

陈纪字元方，是太丘县长陈实的长子。陈谌（chén）字季方，是陈实的少子。他们一家都是芝兰玉树，名望极高。

有一天，陈元方的儿子陈群和陈季方的儿子陈忠，互相争论

父亲的功德。两人相持不下，便只好请祖父陈太丘来裁断。

陈太丘听了他们的争论以后，微微笑道："元方难为兄，季方难为弟。"意思是说：兄弟都是英才，所以做哥哥不容易，做弟弟也不容易。

荀巨伯舍命全交

荀巨伯是东汉桓帝时人，生平没有什么建树。

有一次，他到城中去探望朋友的病，刚好碰上胡贼来攻城，城里的人都吓得逃光了，那友人便对荀巨伯说："我本来就死定了，你还是赶快走吧。"荀巨伯说："我是担心你的身体才来看你的。现在你有了意外的急难，我如果逃走的话，那当初何必又千里迢迢地赶来看你呢？"

胡贼入城以后，发现城里只有他们两个人，十分惊讶，便问："满城的人都跑光了，你们两个怎么这样大胆，敢停留在这里？"荀巨伯说："并不是我们特别大胆，而是我的朋友病得很重，我不忍心离开。"胡贼听了，只好摇摇头走了。

管宁割席绝交

管宁和华歆二人，小时候原是好朋友。

有一次，他们在园中种菜，忽然从泥中挖出了一块金子。这时管宁依旧挥动锄头，把金子视同瓦块一样铲开了。华歆看到了这块金子，却把它拾起来，远远地掷了出去。

后来又有一次，两人同坐在一块席子上读书，门外有一辆豪华的车子经过，管宁照旧读他的书，华歆却忍不住跑到门外去观看。

经过这两次以后，管宁发现华歆不是他的朋友。于是管宁毅然把坐席割成了两半，对华歆说："我们还是分开来坐吧！"

华歆救人的机智

华歆和王朗一起坐船逃难。

在半路上，有个陌生人苦苦哀求要上船一起避难。这时华歆已发觉不妥，便再三推托，不让那人上船。王朗在旁边很看不过去，便说："船上也还有空，就让他上来吧！"

陌生人上船以后，船继续前行。忽然有一批水贼追来了，王朗一看，才发觉刚才自己的大意。于是他就想把陌生人撵下船去。

华歆见事机急迫，便悄悄对王朗说："刚才我不让那人上船，本来就怀疑他。现在你既已让他上船，好歹也只能救他救到底。

否则临危相弃，不但后果不堪设想，在道义上恐怕也说不过去。"

于是便让陌生人继续坐在船上，彼此相安无事。

阮籍不臧否人物

晋文王常对人说："阮籍的为人，至为谨慎。每次说话，都让人难以测度。而且，他从来不曾议论过人家的长短。"

嵇康喜怒不形于色

嵇康本是会稽奚人，后来改姓嵇氏。

嵇康娶魏武帝（曹操）的孙女，入晋以后，尤为谨慎。常和光同尘，不与人争好恶。王戎和他交情很深。有一次王戎对人说："我和嵇康住了二十年，不曾看过他脸上表露喜怒之色。"

和峤生孝，王戎死孝

王戎、和峤二人都以孝著称，同时遭遇大丧。结果王戎哀恸逾常，只剩鸡骨支床。和峤则哀哀哭泣，备尽礼数。

晋武帝问刘毅："你最近常去探望王、和两家的丧事吗？听说和峤哀苦过礼，真叫人担心！"刘毅答道："和峤办理丧事，虽然克尽礼数，但每天量米而食，元气不损；王戎不守礼制，有时喝酒，有时看人下棋，但是形销骨立，要扶杖才能走路。因此，依我看来，和峤只是尽了活人应尽的礼数，王戎才尽了为死人应尽的情谊。陛下如果要担心的话，应该担心王戎，而不是担心和峤。"

邓攸纳错妾

永嘉之乱时，邓攸用牛马载负妻子一起逃难。在半路上，碰到一批强人，不但洗劫财物牛马，而且乱砍乱杀，情况十分危急。邓攸便对妻子说："我弟弟不幸早死，只留下一个儿子交给我们抚养。现在牛马都丢了，如果徒步挑着两个孩子逃亡，恐怕大家都活不成。不如把我们自己的孩儿抛了，将来我们还会有儿子的。"妻子同意了，于是邓攸便抛弃了亲生的儿子逃亡。

到了江南以后，家计初立，生活逐渐安定。但是邓攸夫妇始终没有再生一个儿子，二人常相对唏嘘不已。

于是，邓攸只好设法纳了一个妾。这个妾聪慧可爱。邓攸在空闲的时候，便逗着问她父母是谁？为什么只身流落江南？但她一直摇头不说。这样不觉又过了很多年。有一天，她终于吞吞吐吐地说出了父母的名字。邓攸一听，像是晴天霹雳，原来这个爱妾竟是自己的外甥女。

邓攸为人，一向注重德业。自从知道爱妾的身世以后，悔恨终身，发誓永不蓄妾。

阮裕焚车

阮裕拥有一辆好车子。平日只要有人来借车，他没有不答应的。有一次，有个人要葬母亲，很想借阮裕的车子，但是一直不敢开口。事后，阮裕听到这个消息，心中难过了老半天，便把车子烧了。

醇酒岂可罚老翁

谢奕和谢安是两兄弟。

谢奕做剡（shàn）县令的时候，有个老翁犯法。谢奕叫人用醇酒罚他，一杯又一杯，那老翁已经大醉，谢奕还是不下令停手。

谢安那时只有七八岁，穿着青布裤坐在谢奕膝边。他看那老翁已经大醉，便对谢奕道："阿兄，这老翁可怜，怎么可以这样做？"谢奕听了，脸色才渐渐和缓，便说："阿奴，想放了他吗？"于是把老翁放了。

"阿奴"是六朝人亲昵的称呼，所以当时有些人的小名便唤阿奴。

皮里阳秋

褚裒（póu）的性子是不喜欢多说话。谢安极欣赏他，常对人说："褚裒尽管不说话，脸上自然具备四时之气。"

桓彝也很喜欢褚裒，他说："褚裒自有皮里阳秋。"阳秋就是春秋。桓彝的意思是说："褚裒嘴上不批评人家，内心自有褒贬。"

刘惔临死不谀神

刘惔（dàn）做丹阳尹，临死前只剩一口气了，忽然听见楼下有人敲鼓祭神，便把脸色一改，说道："不要胡乱谄媚。"一会儿，又有人来请求杀他的牛来祭神，看看能否挽回。刘惔答道："我自问无愧，不必麻烦。"

谢安教子

谢安的夫人常亲自教育子女。有一次，她问谢安："怎么从来没看见你教育孩儿！"谢安笑说："我常常在教育孩儿呀！"（意指身教）

王恭身无长物

王恭从会稽回来，王忱去看他，只见王恭坐在六尺长的竹席上。王忱说："你从浙东来，应该有很多这种竹席子，就送我一领吧！"王恭没有说话。王忱走时，王恭就把自己的那块席子送给王忱。后来，王忱听说王恭只有一领竹席，大为惊讶，便说："我以为你有好几领，才向你要的。"王恭答道："那你太不了解我了，我身边一向就没有值钱的东西。"

"一领"是俗语，就是"一件"的意思。

孔安国送葬

孔安国做过孝武帝的侍中，掌管唾壶，很是亲信。后来，孝武帝死了，孔安国亲自送葬。

那时候，孔安国已官拜太常，掌管宗庙祭祀。安国身子一向瘦弱，送葬的那天，他披上沉重的礼服，整天累得涕泪交流。旁人不明就里，都叹息说："太常是真孝子。"

王导拒钱百亿

王导的儿子王悦，侍亲至孝。有一天，王导梦见有人愿意出钱一百亿买王悦。王导大怒，但暗中仍替王悦祈祷。

不久，王导造一新屋，忽然在地下洞穴中挖到许多钱，拿来数一数，正是一百亿。王导心知有异，便通通封藏回去，一文也不敢用。

过了几天，王悦就死了。

言语第二

边让颠倒衣裳

边让是陈留人，谈吐非常俊逸。有一次，袁阆来做陈留太守，边让见了太守竟一时慌乱失序。袁阆就故意调侃说："从前尧聘许由的时候，许由从容不迫。现在先生见了我，为什么颠倒衣裳呢？"边让答道："太守刚到此地，贱民未沾教化，只得颠倒衣裳了！"

月中有物

徐稚九岁的时候，有一次在月下做游戏。客人对他说："假如月亮里面没有什么东西，不是更明亮吗？"徐稚却答道："那不一定呀！你想人的眼中如果没有瞳仁的话，会更亮吗？"

小时了了

孔融十岁那年，有一次追随父亲到洛阳。

洛阳是东汉的都城，那时由李膺做司隶校尉，相当于首都防卫司令。李膺望重一时，出入他家门下的不是当世才俊，便是中表亲戚。

孔融来到李家门口，对守门人说："请进去通报，我是李府君的亲人。"门人通报后，把他引入了厅堂。

李膺见了孔融，笑着问："小朋友，你是我的什么亲人？"孔融说："咦，从前我的先人孔老夫子和您的先人李老君有师友之亲，这样说来，我们不正是世代通家之好吗？"宾客听了大笑。

这时候，陈炜从外面刚刚进来，有人就把孔融的话告诉了他。陈炜听了，眼珠子一翻，说："那有什么稀奇？小时候聪明伶俐，长大了未必就怎样。"孔融立刻回答道："照您这样说，想来您小时候一定是聪明伶俐吧！"陈炜大为尴尬。

偷还拜什么？

孔融有两个儿子，大的六岁，小的五岁。有一天白天，孔融在小睡，小儿子趁机跑到床前偷酒喝。大的看了就说："怎么不向爸爸拜一拜再喝？"小的说："既然是偷，那还拜他干吗！"

高明之君刑忠臣孝子

陈实曾避居阳城山中，当地有强徒杀人，县吏以为是陈实所做，便把他收捕交给了颍川太守。

有个客人问陈实的儿子元方："颍川太守的为人怎样？"元方说："是个高明之君。"客人又问："尊翁为人怎样？"元方说："家父是忠臣孝子。"客人说："哪有高明之君收捕忠臣孝子的？"元方说："你的话太欠考虑，我不想回答。"客人说："驼背的人常被认为是恭敬，你究竟是答不上来，还是真的不想回答？"元方怒道："高宗放逐孝子孝己，尹吉甫放逐孝子伯奇，董仲舒放逐孝子符起。这三人都是高明之君，被放逐的三人，都是忠臣孝子。"客人大为惭愧，仓皇而退。

"孝己"是一个孝子的名字。

孔融推荐祢衡

孔融和祢（mí）衡才情相得，因此，尽管相差二十几岁，二人仍然结为好友。

孔融年纪较大，先做官。他在曹操面前，常称赞祢衡。曹操一向爱才，便再三催促要见祢衡一面。

可是，祢衡是个闲云野鹤，不想做官。他对于曹操的翻云覆雨，尤为讨厌，便有事没事就讽刺曹操两句，这使得曹操很失面子而决心要侮辱祢衡。

曹操终于设法把祢衡请了出来，然后故意用他为鼓吏，命令他在正月十五那天大会宾客试鼓。试鼓的那天，宾客云集。祢衡则精神抖擞，高举鼓槌，前趋后蹑，表演了一通《渔阳参挝（zhuā）》，鼓声雄壮，音节精妙，使座客无不称奇。

于是，曹操更觉得没有面子了。他本来想侮辱祢衡，却反被祢衡所辱。孔融在座，看到气氛不对，便立刻站起来说："祢衡是戴罪之身，今天的试鼓，只是请大王赦罪，他已没有资格辅佐明王！"曹操无奈，只好赦免了祢衡。

"明王"的典故，见《庄子·应帝王》。

庞统伐雷鼓

司马徽是东汉一代名士。庞统十多岁的时候，听了他的大名，便驾车走了两千里的路，到颍川等候他。

庞统见了司马徽，看他正在采桑，便从车中探出头来说："大丈夫处世，应当金带紫衣，怎么在做妇人采桑之事？"司马徽笑道："请你下车吧！刚才你只知道抄小路走得快，难道不怕迷路吗？你说做人要金带紫衣，那么原宪、许由、巢父、伯夷、叔齐，都是一文不值吗？"庞统赶快赔礼，大笑道："不叩洪钟，不伐雷鼓，哪会知道声音的大小？"

"雷鼓"的故事，见《山海经》。相传东海之中的流波山上，有一只叫作"夔（kuí）"的怪兽，形状像牛，苍黑色身子，只有一角、一足，能够自由进出海水之中，吼叫的声音好像暴雷。黄帝设计捉捕后，剥下它的皮，做成一面军鼓。又在雷泽中捉到雷兽，宰杀后抽出一根大骨，当作鼓槌。黄帝利用雷兽骨槌，用力敲打夔牛皮制成的军鼓，声响震天，远闻五百里。

魏武网目太细

刘桢文才高妙，曾被曹操选做太子曹丕的文学侍从。有一次，曹操大宴群臣，酒后甚欢，便叫夫人甄（zhēn）氏出来答谢。甄氏芙蓉之姿，当世无双，座客都不敢仰视。只有刘桢一向疏放惯了，竟在座上平视不拜。因此，刘桢后来被处以"失敬"之罪，罚他磨石头。

曹丕即位后，有一天和刘桢闲话往事，便道："当年你怎么这样大意呢？"刘桢大笑道："我自是不小心，但从前的陛下，网目也未免太细了些吧！"

邓艾口吃

邓艾有口吃的毛病，每次叫自己的名字，老是"艾艾……"不停。晋文王知道邓艾的毛病，有一次取笑他说："你每次'艾艾……'不停，到底是几个'艾'？"邓艾笑着说："古人说'凤兮凤兮'，其实只是一个'凤'而已。"

李喜坦率可喜

李喜是山西上党人，少有高行，精研艺学，司马宣王请他出来做官，李喜始终不肯。后来司马景王东征上党，把李喜带了回来。景王问："从前先公请你做官，你不肯，现在为什么愿意了呢？"李喜大笑说："宣王请我做官，是以礼款待，那我自然也以礼来进退。可是，现在你用国法套在我的脖子上，我敢不来吗？"

向秀入洛

向秀本来和山涛是好朋友，后来和嵇康在洛阳打铁，又和吕安到山阳种花，是一个很通达的人。

但自嵇康以高蹈避世而被杀以后，他便一改往日作风，突然到京师应举。晋文王大感意外，便问："世人都说你有箕山之志，想退居山林，怎么这次会下山来呢？"向秀只好答道："巢父、许由那些人，并不是真正的通达。我现在一点儿也不羡慕他们。"文王喜出望外。

许由、巢父等人曾隐居于箕山，箕山之志即喻隐遁。

满奋吴牛喘月

满奋的身子有怕风的毛病。有一次，他去谒见晋武帝。武帝要他坐在北窗下。北窗有一面琉璃做的屏风，看似疏疏落落，其实并不透风。满奋坐下以后，脸色一直阴晴不定。武帝知道了他的毛病，哈哈大笑。满奋只好自我解嘲说："我好比是吴牛，见了月亮也会喘。"

原来江淮之间产水牛，故称为吴牛。南方多暑气，吴牛怕热，见了月亮也以为是太阳，所以见月就喘。

陆机出口成对

陆机是吴郡大族，才思敏捷无匹。有一次他去造访王济，王指着身前的几斛羊酪说："你江东有什么美味可以和它相比？"陆机信口答道："有千里莼（chún）羹，末下盐豉。"时人叹为名对。

千里、末下都是地名。

君子得疟疾

有个小孩的父亲得了疟疾，小孩到处去寻找寒食散。有人问："你父亲是有德君子，怎会患疟疾呢？"那小孩答道："就因为它使君子生病，所以才叫疟疾嘛！"

民间传说：疟疾的鬼很小，不敢使巨人、君子生病。本篇故事则利用"疟"与"谑"谐音来开玩笑的。

新亭对泣

东晋南渡以后，有许多移居江南的大族，在空闲的好日子，往往相邀到建康城南的新亭去野宴。

有一次大家正坐在草地上时，周顗（yǐ）突然叹息："此地风景不错，可惜和北方是完全不同了！"大家听了，无不相对流泪。

那时身为丞相的王导，见大家这样消沉，便脸色一整，站起来大声说："我们应该同心勠力，匡复神州才是。怎么能甘心像这样束手无策，做楚囚对泣呢！"

江左夷吾

永嘉之乱，北方成为胡人天下。刘琨留在北方，有意建立功业。因此便派温峤为大使，到江南探听消息，并趁机取得晋王司马氏的信任。

晋王听说温峤渡江南来，便大会宾客接见他。众人都是初见温峤，见他姿貌奇丑，无不吃惊。待大家坐定后，温公畅谈天下事，四座又无不动容。王导见温峤英颖特别，便暗中深自结纳。所以，温峤离开晋王府后，便专程返回北方，临行，对人说："江左已有管夷吾，天下事不必忧愁了！"

"江左夷吾"从此成为王导的代称。

高座不学汉语

晋时，西域有一和尚高座来游江南。王导和周顗都很喜爱他的风格。高座不学汉语，和名士交谈，往往靠传译。后来周顗遇害，高座对他的灵位念胡咒超度，没有人懂得他念的是什么咒。

有人问："高座和尚为什么不学汉语？"简文帝答道："借此省去应酬的麻烦吧！"

菩萨度累了

庾亮进入佛寺，看见一尊卧佛像，便叹息道："这个菩萨卧在路边，大概是度众生度累了吧！"一时传为名言。

澄公把石虎当鸥鸟

天竺和尚佛图澄，在永嘉时期到中国来。他说自己有一百多岁了，经常不必进食而以空气调养。据说他的肚子旁边有个孔，平日用棉絮塞起来，晚上读经，便把棉絮拔掉，孔中自有光照射出来。

澄公在北方见天下大乱，石勒石虎雄桀好杀。为了拯救众生，便往见二石，略施手段，显现神通，使石家兄弟大为叹服，尊为

"大和尚"。

高僧支道林在江南，听说澄公在北方教化二石，说道："澄公把石虎当作鸥鸟。"

"鸥鸟"是《列子·黄帝篇》中的故事。说有个住在海边的人，每天早上到海上和鸥鸟玩儿，鸥鸟几千万只群集在他的身边。那人的父亲知道了，便对他说："你明天去捉几只鸥鸟给我玩玩儿。"第二天，那人又到海上去，鸥鸟却在空中飞舞而不敢下来。

人有机心，鸥鸟便有戒意。澄公没有机心，所以石虎便如鸥鸟。

朱门蓬户

竺法深坐在简文帝旁边，刘惔故意问道："和尚岂可来游朱门？"竺答道："你自己才把这里看作朱门，在我却如游蓬户一般。"

忘情和不能忘情

张玄之和顾敷小时候都很聪明。顾和很喜欢这两个孙辈，但私底下他认为顾敷比较聪明，所以对顾敷也比较偏爱。

在他们七岁的那年，顾和带他们到佛寺游玩，抬头看见一幅佛祖涅槃巨像。这幅图像中的佛弟子，有的哭泣，有的不哭泣。顾和便试问两个孙辈："为什么佛弟子有的哭，有的不哭呢？"张玄之答道："有的佛弟子和佛祖比较亲，所以就哭了；有的比较不亲，所以不哭。"顾敷道："不对。应当说有的能忘情，所以不哭；有的不能忘情，所以才哭。"

康法畅的拂塵

康法畅手上有一柄拂塵（zhǔ），属于上品。当时清谈名士，莫不希求此物。

有一次，法畅去造访庾亮。庾亮见他手上拿的拂塵，一时颇有感触，便说道："这柄塵尾非同凡品，怎会经常在公手上？"法畅笑道："不动心的人，根本不会想要这柄拂塵；而贪心的人想要这柄拂塵，我也不会给，所以经常在我手上。"

木犹如此，人何以堪

东晋曾在江南设置琅邪侨郡，金城便属于这个琅邪郡。

太和时期，桓温北征，路过金城，看见他从前做琅邪内史时所种的柳树都已长得非常粗壮了，便慨然叹道："树都长得这么大了，我呢？"说罢，手把柳条，不觉掉下泪来。

东晋时，把北方的郡名搬到南方设置，称为"侨郡"。

蒲柳之姿

顾悦和简文帝本是同年，但顾悦的头发早白了许多。

简文帝问："你的头发怎么先白了呢？"顾悦答道："我是蒲柳之姿，所以先白；陛下是松柏之质，所以经霜不凋。"

未若柳絮因风起

有一天，外面下着雪，谢安和家中的小儿女在闲谈文学，忽然雪下得更密了。谢安一时兴起，便问："你们看白雪飘飘像是什么？"谢胡儿道："好像把盐抛撒在空中。"谢道蕴说："不如说像柳絮被风吹起来。"谢安大笑。

胡儿是谢安二哥谢据的儿子，道蕴是谢安大哥谢奕的女儿。

齐由齐庄

孙潜、孙放小时候清秀聪慧。

有一次，他们在庾亮家游玩。庾公问孙潜："你的字叫什么？"孙潜说："字齐由。"庾公问："齐由是齐谁呀？"孙潜说："齐许由。"庾公又问孙放："你的字叫什么？"孙放说："叫齐庄。"庾公问："齐庄是齐谁呀？"孙放说："要齐庄周。"庾公再问："为什么慕庄周而不慕仲尼呢？"孙放答道："圣人的智慧是天生的，他的智慧太高了，所以不敢仰慕。"

支公养马

支遁字道林，是有道高僧。支公经常养着几匹马。有人说："和尚养马不大相称。"支公答道："世人只知爱马，我却爱其神。"

支公好鹤

支道林喜欢鹤。有人送他两只小鹤。

小鹤长大了，张开翅膀想要飞，支公便把它们的翅膀剪掉了。两只鹤扑扑地拍着翅膀，却怎么也飞不起来，便回头看着支公，好像很懊悔的样子。支公看了，叹息道："既有冲天的本事，又哪肯做人的掌中玩物呢！"于是把鹤的翅膀养长了，便放它们飞去，自此不再养鹤。

欲者不多，给者忘少

谢玄是谢奕的第三子，善于谈论事理。晋武帝任用山涛，给赐总是很少。谢安在家中和子侄燕集，便随意问道："武帝任山涛为三公，给赐不过斗合，这有什么道理吗？"谢玄答道："这应当是由于山公欲求不多，所以使得给赐的人也忘少了。"

"斗合"，是指少的意思；"给赐"，这里指薪俸。

渡河焚舟

谢朗对庾龢（hé）说道："今天晚上我们准备到府上清谈，你不妨先回去检修城垒。"庾龢豪情大发，答道："好。如果王坦之来，我只用偏师迎他；如果韩伯来，那我只好过河拆桥，逢路塞路，决一死战。"

山阴道上

王献之见会稽境内多山水，便叹道："从山阴路上经过，山水之美，令人应接不暇。秋冬之间，尤其使人难忘。"

芝兰生阶庭

谢安经常用各种机会教育子侄。

有一次，他问："我家子弟和别人有什么相干，为什么一定要把他教养成为好子弟呢？"大家一时答不上来。谢玄答道："这就像芝兰玉树，大家都想移植在自己的庭院里。"

讨厌影子的人

谢灵运喜欢戴曲盖笠。孔淳之笑他说："君子居心旷达，为什么不能忘怀一顶曲盖帽呢？"谢灵运答道："这只怪我像是个讨厌影子的人吧！"

"讨厌影子的人"是《庄子·渔父》中的故事。有人因为讨厌自己的影子而越走越快，结果影子也越跟越紧。那人以为自己走得还不够快，便发足狂奔，竟累死了。

政事第三

文王之囿

王承做东海郡太守，有小吏偷捕郡内池中的鱼，被人告发。王承笑道："从前文王的林园，和百姓共有。我池中的几条鱼，又何必太吝啬呢！"

"文王的林园"是《孟子·梁惠王下》中的故事。齐宣王问孟子："听说从前文王的林园方七十里，真的有那么大吗？"孟子说："百姓还嫌它太小哩！"宣王又问："那么寡人的林园不过方四十里，百姓却认为太大，这是怎么回事呢？"孟子道："文王的林园，百姓去采樵、打猎都可以，所以百姓嫌它太小。现在大王的林园，百姓只要去打猎，便被处以杀人罪。这方四十里的林园，不啻成为方四十里的陷阱了。百姓嫌它太大，不是应该的吗？"

陈太丘办案

陈实做太丘县令，有强盗劫财杀人，正赶着去处理。半路上听说另有小民生子，弃而不养，陈实便叫属下立刻回车去办理弃子案件。部下说："劫财杀人事大，应该先办。"陈实却说："劫财杀人是常理。母子相残，罪不可恕，必先究办。"

送犯夜人回家

晋代的法律：禁止夜行。

王承做东海太守，有小吏拘捕了一个犯夜行的人来。王问："你从哪里来？"那人答道："刚才在老师家中读书，不觉时间太晚了，因此犯夜。"王承听了，对属吏说道："你们都听见了吧。如果我现在用法律办他，只怕人家要说我鞭宁越而立威名，这不是治民之道。"立刻命小吏送那人回家。

宁越是周人，小时在乡下耕田，后来苦心力学，终为周威王之师。

王导善于接见宾客

王导领扬州刺史，对江南土著十分拉拢。有一次，他接见许多宾客，大家都感到很光彩。座中只有一临海（在今浙江）宾客任颙（yóng）及一群胡人不大融洽。

王导刚刚小便回来，便发现这情况，于是他走到任氏宾客的身边，使用吴语说道："君一离开临海到京师来做官，临海便没有人了。"任颙大感亲切喜悦。

任氏走到胡人面前，弹指说道："兰阇（dū）！兰阇！"群胡大笑，于是四座并欢。

"兰阇"是吴地的方言，义未可解。请参考陈寅恪论文集《东晋南朝的吴语》和《述东晋王导的功业》两篇。（编者按：旅法学者吴其昱先生为了纪念史学大师陈寅恪，曾写有一篇《〈世说新语〉所引胡语兰阇考》，主要论证《政事》篇中"兰阇"是梵语"欢悦"的意思。）

王导行政宽简

王导治理江南的时候，行政宽简，晚年更不大过问政事。很多人批评他行政太宽，他叹息道："人家说我糊涂，后人自当怀念我这个糊涂人。"

陶侃勤俭通变

陶侃任荆州刺史，叫人把木屑、竹头统统留下来，不论是多是少。官吏都感到奇怪。

有一次，雪后初晴，官署门口行人往来不便，陶公就叫人把木屑铺在地上。桓温伐蜀的时候，大造战船，利用陶公所留下的竹头做钉子，非常利便。

这时候，大家才明白陶公勤俭通变，非常人所及。

何充处理文书

王濛、刘惔和竺法深一同造访骠骑将军何充。何充忙着处理文书也没招呼他们。

王濛对何充说道："我今天和深公一同前来造访，就是希望何公暂时卸下俗务，大家闲谈一会儿。哪晓得公竟乐此不疲，忙个不休呀！"何充道："我不忙这些俗事，诸公能常得空闲吗？"四人相顾大笑。

文学第四

郑玄青出于蓝

郑玄在马融门下读书，三年都见不到马融一面，只由马融高足传授而已。有一次，马融遇到天文学上的一个难题，百思不得其解。有弟子建议说："郑玄必能通解。"马融便召郑玄来，郑玄把推算的星盘一转便解决了。

后来郑玄学成了，辞别老师回家，在半路上怀疑马融会派人加害他，一时心神不安，便躲入桥下，穿着木屐站在水中。马融嫉恨郑玄已久，果然想借机加害，便拿出占卜的转盘推算郑玄所在。马融推算了一会儿，便对弟子说道："不用去追了。郑玄现在正在土下、水上，身上依靠着木头。这样子看来是死定了。"于是郑玄才得脱身回家。

服虔善《春秋左氏传》

郑玄注《春秋左氏传》，尚未完成，后来在客栈偶然遇到服虔，双方倾谈良久。郑玄见服虔的看法大致和自己相合，便把自己写下的注统统送给服虔，于是后代便流行了《左传》服氏注。

钟会论操行和才能

钟会看见汉魏以来"政府拔举人才，究竟操行重要，还是才能重要"的问题，一直被争论不休，便写了一篇《四本论》，讨论才性问题。

钟会的论文完成后，很希望嵇康看看，便把论文放在怀中，去找嵇康。到了嵇康家门口，转念一想："如果嵇康出口为难自己，自己又辩他不过，怎么办？"于是索性把论文远远地掷入嵇康家中，便一溜烟似的跑了。

王弼少年奇才

何晏做吏部尚书的时候，名望很高，谈客盈门。

王弼还不到二十岁时，有一次往见何晏。何晏听说王弼来了，鞋子都来不及穿好，便很高兴地到门外去迎接他。

坐定以后，何晏便把往日所注《易经》和《老子》中最精彩的几条拿给王弼看，并说："这几条注，我认为是极高明的了，你看还能够找到漏洞吗？"王弼看了看，便一条一条地加以驳难，四座无不认为何晏理屈。

王弼把何晏难倒以后，又另外提出一些问题，自立自破，如猫戏老鼠一般，大家无不叹服。

王弼注《老子》

何晏注《老子》，书成之后，往见王弼。王弼把自己注的《老子》也拿给何晏看。何晏见王弼所注的《老子》十分精奇，便五体投地地叹道："像你这样的人，才够格谈论天人之际的问题。"

裴徽善解人意

傅嘏（gǔ）善谈名理，荀粲好谈玄学，两家宗旨本来可以相通，可是仓促之间，两人往往争持不下。这时候裴徽如果在场的话，便会善解两家之意，沟通彼此的情怀，使大家无不欢畅。

庾敳悟性高明

庾敳（ái）恢廓有度量，自称是老庄之徒。他第一次读《庄子》的时候，开卷一尺，便把它卷了回去。对人说："从前还没读过《庄子》，我便认为我心中所想的道理是对的。现在读《庄子》，才发现果然彼此暗合。"

向、郭二家注《庄子》

魏晋时，注《庄子》的人很多，其中以向秀的注最为特别，但向秀注《庄子》的《秋水》《至乐》两篇还没完成就去世了。向秀的儿子年幼，不能整理，于是文稿散落。不过，向秀其实另藏有别本，只是世上无人知道罢了。

郭象和向秀是同时代的人，才高而操行不好。郭象见向秀的《庄子注》尚未传世，便窃为己有，另自注《秋水》《至乐》两篇，使全书完备。

郭象《庄子注》问世后，向秀的别本《庄子注》也被发现。因此，后代有向、郭二家的《庄子》注本，其内容几乎是一样的。

阮瞻简易通达

阮瞻的为人通达而不啰嗦。司徒王戎有一次问他："圣人讲名教，老庄讲自然。他们的宗旨相同不相同呢？"阮瞻就非常简单地回答："将无同。"（只怕是相同的吧！）王戎听了，叹息良久，认为阮瞻的回答简单而又精彩极了。于是王戎拔举阮瞻做官。

阮瞻凭三个字的回答就做了官，卫玠很不服气，就讥笑他说："其实一个字也可以回答得了，又何必假借三个字。"阮瞻答道："如果是天下人所仰望，就是不说话也照样可以被拔举，又何必假借一个字？"卫玠大为服气，才知阮瞻不是徒有虚名，而王戎拔选人才也是颇有标准的。从此，阮瞻和卫玠就成了好朋友。

王导的三个命题

从前，世人都说：王导到江南以后，只谈"声无哀乐""养生""言尽意"三个命题而已。

其实，这三个命题互相关联，无所不入。"声无哀乐"是讲声音本身没有绝对的哀乐。"养生"是讲顺自然而保养，不是人为的"益寿延年"。"言尽意"是讲言语文字只是用来表达意象而已，意象既得，言语文字便可舍去。

殷浩读佛经

殷浩读佛经，说道："理应该就在这上面。"

"阿堵"（ā děi）是魏晋俚语，意思是"这个"。所以殷浩说："理应在阿堵上。"

阮裕精"白马论"

谢安少年时，请阮裕讲解"白马论"。阮裕的讲述十分透彻，谢安仍不能理解。因此，阮裕叹息道："不但能解析'白马论'的人不可得，就是能听懂'白马论'的人也不可得啊。"

"白马论"就是公孙龙的"白马非马"理论。

挥麈剧谈

孙盛和殷浩都善于谈论析理，名噪一时。有一次，双方剧谈相抗，都忘了进食。谈到精彩处，两人连连挥动麈尾，麈尾脱落，布满饭菜上。仆人看了，一直摇头不已。

"剧谈"是魏晋俚语，指苦相论难，有尖酸刻薄的意味。

支公擅名《庄子·逍遥游》

魏晋时代的名士，常喜欢讨论《庄子·逍遥游》篇，可是无人能超出向秀、郭象之外。只有支道林在白马寺所谈《逍遥游》篇能标新义于向、郭二贤之外。因此，支公以《庄子·逍遥游》篇擅名一时。

殷浩偏精才性论

殷浩对于才性论——操行和才能问题钻研最精。如果有人和他辩论这个问题，殷浩便防守严密，如汤池铁城，无懈可击。

支公造《即色论》

支道林写《即色论》，完成之后，拿给王坦之看。

王坦之看了《即色论》，一句话也不说。支公道："怎么？你想默默地记下来吗？"王坦之答道："这里没有文殊师利在，谁又知道我在干什么？"

　　文殊师利的故事，见《维摩诘经》。文殊问维摩诘说："什么是入菩萨境的不二法门？"维摩诘一句话也不说。文殊叹息道："这真是入菩萨境的不二法门哪！"

　　所以，王坦之不说一句话，即表示《即色论》写得很好，是入道的不二法门。

支公讲《维摩诘经》

　　支道林讲佛经，圆通无碍。

　　支公晚年在山阴，讲《维摩诘经》，由支公主讲，许询论难。支公每立一义，众人都认为许询无法难倒；而许询每设一难，众人也认为支公无法攻破。结果双方一来一往，源源不绝，听众无不眉飞色舞。支公讲完以后，众人都认为自己通了。但互相论难一下，便自乱了起来。

　　支公的弟子，听讲多年，虽然也传承了支公经义，但事实上不能尽得。

许询怒挫王修

许询年少时，有人拿他比作王修。许询心中大为不平。

有一回，许多名士和支道林都在会稽西寺讲谈。那次集会，王修也在座。

许询既心怀不平，便趁机往西寺找王修较量。许询先执一理，由王修提出诘难，结果王修不敌。接着双方又倒过来，许询执王修之理，王修执许询之理相诘难，最后王修仍然不敌而败阵。

许询挫败王修后，便问支公道："弟子刚才的论难怎么样？"支法师道："好是好，但何必苦苦诘难到底，一心一意想挫败对方呢？这不是析理论难所必需的吧！"

殷浩读《辨空经》

殷浩精研小品《辨空经》，亲自标下两百个签条，每一条都是精微难解的问题。殷深慕支道林法师的大名，便派人去迎林法师，想用这些难题困倒他。

林法师见了殷浩派来的使者，便欣然准备前往。那时王右军（羲之）正在座，对林法师说："殷浩胸中渊博，析理明捷，不易为敌。他殚精竭虑所不能通解的问题，必是相当难解的教理，上人去了，未必便能立刻回答。况且擒服了殷浩，也不能增加上人的名望。若双方不契合，十年清名便为所累，不如罢了！"林法师便打消了前往的念头。

支道林，又称林法师。

于法开为难林法师

于法开才辩纵横，曾和支道林争论色空问题。后来林法师名望愈著，法开愈是不满。

法开寄迹剡县山中。有一次，林法师在会稽山阴讲小品，法开便派遣弟子法威路过山阴向林法师挑战。法开对弟子说："道林正在讲小品，我估计你到的时候，他正好讲到某某品。"然后，法开便把某某品根本无法通解的几十条问题提示给法威，要他到时提出来当场为难林法师。

法威到山阴以后，林法师果然正在讲某某品。于是法威先布陈来意，说明于法开的付托，然后向林法师攻难。争到后来，林法师已居下风，便厉声喝道："于法开如果有本事，又何必把这些问题交给你来难我！"

刘惔妙答

殷浩问:"自然的运转是无心的,可是这世上为什么偏是好人少,坏人多呢?"大家一时不能回答。刘惔答道:"这就好像水滴在地上,偏就是没有合乎规矩的。"一时四座为之绝倒。

康僧渊名噪江南

康僧渊通大小品般若(bō rě),就是《放光般若》和《道行般若》,晋时和康法畅、支愍度一同渡江。

康初到江南,常在街市乞食素斋过活,没有什么人认识他。

有一次,正值盛夏,康僧渊路过殷浩家。殷浩先前精研佛经《小品般若》,便以佛经中的难题相叩问,后来又和康辩论僧侣无情有情之义。自始至终,康不为所屈。于是殷浩大为叹服,便四处为康揄扬,使康僧渊在江南一夕成名。

殷浩疑多患少

殷浩自从兵败被废为庶人以后,住在东阳。由于官场失意,心中无聊,便开始阅读佛经。初读《维摩诘经》,殷浩便疑《般若波罗蜜经》太多，后来读《小品般若》，又恨太少。

殷浩挑战林法师

支道林、殷浩有一次和简文帝同座。简文帝道："二君不妨试一交锋。但才性问题，殷君自是有恃无恐，请林法师要特别小心。"

双方交谈一开始，林法师就设法远扬，避开殷的圈套。但几次折冲以后，林法师仍不知不觉堕入殷浩彀（gòu）中，于是简文帝拍着林法师的肩膀笑道："才性问题，殷君防守如崤函之固，自是难以相抗！"

张凭语惊四座

张凭负才气，被郡守拔举为孝廉。当他离家赴京师的时候，曾夸口说这一去必和时贤分庭抗礼。同伴都笑他不自量力。

张凭到京师，先造访清谈名家刘惔。刘惔正在家中洗衣打杂，便叫张暂坐角落，未多交谈。一会儿，王濛等许多名士都来了。张凭偶在座中发言，情愫相通，一时语惊四座。于是刘惔乃请张凭上座，彼此畅谈，并留宿到天明。

第二天，张凭告辞。刘惔和他约定："请暂回船上，我另有安排。"张凭回到船上，同伴问他昨夜睡在何处，张只是笑而不答。不久，刘惔派来传令的使者，在岸上大呼："张孝廉的船在哪里？"张凭的同伴无不惊讶。刘惔当下便陪同张凭去谒见简文帝，并推介张凭为太常博士。简文帝一见张凭，只交谈几句，便叹息说："张凭勃窣为理窟！"意思是说张虽然姿貌短小，但辞理丰赡。

"勃窣"是吴地的方言，体貌短小的意思。

《诗经》何句最佳

谢安在家中小聚，问子弟说："《诗经》哪一句最好？"谢玄答道："昔我往矣，杨柳依依；今我来思，雨雪霏霏。"谢安却说："'吁（xū）谟定命，远猷辰告'，这句最有雅人情致。"

"昔我往矣"四句，是《诗经·小雅·采薇》篇的句子。这篇是说周公东征的感触。他说："多年以前，当我离京东征的时候，路上正是柳丝拂人，令人留恋的春天；现在我回来的时候，路上却是雨雪满路的冬天了。"

谢安所引的"吁谟定命"二句，出自《诗经·大雅·抑》篇，这是写大政治家的远虑：在每年春日正月的时候，把邦国的大计，按时布告天下。

刘惔擒服孙盛

殷浩、孙盛、王濛、谢尚等清谈名士，会集在会稽王府。殷浩和孙盛首先开始交谈《易经》，孙盛越谈越得意，便说："只要道理契合，便觉意气干云。"但是四座都不同意孙盛所谈的易理，却又不能制服他。

这时，会稽王叹息道："假使刘惔在这里，一定有办法把他制服。"于是立刻派人迎接刘惔来。孙盛心里有数，自己确实不及刘惔。

一会儿，刘惔来到。坐定以后，便请孙盛把他刚才所执的易理再叙一遍。孙盛既心虚，所陈述的易理遂远不及刚才的气势。刘惔听完以后，便立刻抓住漏洞，加以诘难，孙盛不能不服。于是大家抚掌大笑，无不尽欢。

圣人有情否

僧意在瓦官寺和王修论理。僧意先请王修提出他所执的理，然后开始诘难。僧意问王修："圣人有情无情？"王说："圣人无情。"僧意再问："圣人无情的话，那么圣人像柱子一样吗？"王说："譬如像筹码一样，筹码虽无情，操作它的却有情。"僧意说："这样说来，什么操作圣人呢？"王修不能答。

惠施妙处不传

会稽王道子有一次问谢玄:"惠施学术渊博,他的书可以装满五辆大车子,可是为什么没有一句话契合玄理,可以拿来清谈的呢?"谢玄答道:"这应当是惠施精妙的地方,后世不传吧!"

惠施的故事,见《庄子·天下》篇。惠施所谈的理,是名家名学上的理,和《易经》、老、庄都不同,却与公孙龙接近。譬如惠施说:卵有毛、鸡三足、马有卵、犬可为羊、火不热、目不见、龟长于蛇、白狗黑等,这些道理和公孙龙的白马非马、坚白论等都是名学上的问题。清谈家以其难懂,便很少人能通惠施、公孙龙的名学。

殷仲堪精研玄学论题

殷仲堪精研玄学上的各种论题,有人说他无不研究。殷却叹息着说:"假使我能通解'才性四本论',那我能谈的玄理还不止这样哩!"

"才性四本论"就是讨论才性的四个命题:(一)才性同;(二)才性异;(三)才性离;(四)才性合。这四个命题,魏晋名士各擅胜场，譬如傅嘏论同，李丰论异，钟会论合，王广论离，都是一时之选。但对于"才性四本论"最精的是殷浩，支道林曾堕入他的圈套。阮裕、殷仲堪诸人，论难甚精，但都不通"才性四本论"，并引以为耻，可见"四本论"甚难。

《易经》以感应为本体

殷仲堪问慧远法师："《易经》以什么为本体？"慧远法师答："《易经》以感应为本体。"殷再问："那么，铜山西崩，灵钟东应，这便是《易经》上感应的道理吗？"慧远法师笑而不答。

"铜山西崩，灵钟东应"是《汉书·东方朔传》的故事。古人认为铜是山中的产物，所以说铜是山之子，山是铜之母。子母相感应，所以山崩之前，钟往往有感应而先鸣。汉代未央宫殿前钟，无故自鸣。三日后，南郡太守上书说山崩二十多里。

北人学问广博，南人简要

褚裒对孙盛说："北人（指黄河之北）学问广博，南人（指黄河之南）学问简要。"支道林在旁边听了，便诠释褚裒的话说：

"圣贤是不必说了。从中人的资质以下，北人读书，如在广阔处看月亮，博而不精；南人看书，如在门窗中看太阳，精而不广。"

未得牙后惠

康伯是殷浩外甥，年少聪慧，殷浩很偏爱他。有一次，殷对人说："康伯未得我牙后惠。"意思是说："康伯还没得到我的揄扬。"怜惜之意，溢于言外。康伯后来果然成为一代名流。

深公夷然不屑

有一个来自江北的和尚，和支道林相遇于金陵城内的瓦官寺。这和尚很喜欢玄理，便与支公讲论小品《般若》，当时竺法深、孙绰都在座。

支公面对诘难挑战，总是从容答辩，不疾不徐。对方遂居下风，只是仍然游辞不已。

孙绰看在眼里，便问深公："上人也常是下风家，但为什么向来都不说话呢？"深公微微一笑，并不回答。支公笑道："白檀木如果不是香气浓郁的话，逆风的时候怎么还闻得到呢？"深公听了林法师的话，还是夷然不动，一句话也没有说。

裴頠擅《崇有论》

裴頠（wěi）著《崇有论》，辞理渊博。他想借此矫正当时人崇尚虚无的弊病。许多崇尚虚无的人都来向他论难挑战，但是，无人能使他屈服。后来，王衍和乐广来向裴頠领教，双方差可匹敌。但别人拿王、乐之理来难裴頠，裴頠又占上风。

王羲之披襟解带

王羲之初任会稽太守，支道林正在剡县。

孙绰对王羲之说："林法师领悟拔俗，襟怀自清，你想见他吗？"羲之意气自负，没有把林法师放在心中。

后来，孙绰邀请林法师一同造访羲之，羲之仍是十分矜持，不与林法师多交谈。过了一会儿，羲之才道："《逍遥游》篇可以说来听听吗？"林法师便一口气作数千字，辞藻丰蔚，如奇花映发。至此，羲之才大为叹服，不觉为之披襟解带，流连不能自已。

羊孚论《齐物论》

羊孚善谈理义，有一次和殷仲堪论《庄子·齐物论》。殷设

答道："大纲要义不差，精妙之处自是有待研究了。"

桓玄才思空竭

桓玄和殷仲堪常共谈玄理，每互相攻难，一年之后，只是来往了一二回合。桓玄不能取胜，便叹息道："我最近才思空竭，自觉不如从前多了！"殷便取笑道："这不是你退步了，而是你想偷闲偷懒的缘故吧！"

煮豆燃豆萁

曹丕和曹植两兄弟，才思都很敏捷，但曹操偏爱曹植，常想废曹丕而立曹植为太子。这使得曹丕、曹植之间，闹得十分不快。

后来曹丕即位，就是魏文帝，对曹植多方欺侮。有一次，他迫曹植七步之内完成一首诗，如果不能完成便将其处死。曹植不假思索，应声吟道："煮豆燃豆萁（qí），豆在釜中泣。本自同根生，相煎何太急。"魏文帝一听，惭愧不已。

曹植的诗，原句不是这样浅，本文从俗改写。

阮籍神笔

魏朝封司马昭为公，昭再三辞让，不肯接受。司徒郑冲便派人请阮籍写一篇劝进文。那时阮籍正住在袁准家，他被扶起来时，脸上还带着昨晚的醉意。

郑冲的使者说明来意以后，阮籍便带醉落笔直书，文不加点，立刻交付使者。时人称之为神笔。

左思《三都赋》

左思的《三都赋》刚完成的时候，受到当时许多文士的讥评，这使得左思心中很不痛快。

后来左思把《三都赋》拿给张华看，张华说："你的《三都赋》可与班固的《两都赋》、张衡的《二京赋》鼎足而三。可惜你还没有成名，你的文章也不会受人重视。你应该另请盛名之士为你品题，才能增高身价。"于是左思便去造访西州高士皇甫谧（mì），请求代为揄扬。

皇甫谧看了《三都赋》以后，大为叹赏，亲自替他作序。于是从前讥评《三都赋》的人也都对左思五体投地了。

刘伶著《酒德颂》

刘伶处天地之间，自由放荡，常认为天地太狭窄。

有一次，走在路上被人误会，那人拔拳要揍他，刘伶一看风头不对，赶紧叫道："鸡肋岂足以挡尊拳。"那人看刘伶一身排骨模样，知他确实挨不起一个拳头，便悻悻然走了。

刘伶最大的偏爱是酒。他出外漫游，身边必有一壶酒。人家以文章显名，他却不放在心上。终其一生，只有一篇《酒德颂》自认为是意气所寄而已。

乐广、潘岳相得益彰

乐广善于清谈，而不善于写作。

有一次，他要辞去河南尹，便请潘岳代写辞呈。潘岳说："代写是可以，但必须合你心意才行。"于是乐广自述大纲，潘岳代为综理，文笔清绮。时人都说："乐、潘枝叶相衬，两得其美。"

夏侯湛续《周诗》

《周诗·小雅》（《诗经·小雅》）中《南陔（gāi）》《白华》《华

黍》《由庚》《崇丘》《由仪》六篇，只保存了篇名而内容则早已亡失。夏侯湛把这六篇诗续补完成，便拿给潘岳看。潘岳称赞道："这六篇诗文不只温厚典雅，而且孝悌之情，溢于言外。"于是，潘岳便另作《家风诗》，上述祖宗恩德，下诫后代子孙。

孙楚悼亡诗

孙楚在他的妻子死去一年之后，除去了丧服，并写了一首悼亡诗（《除妇服诗》），拿给王武子看。

王武子看了又看，叹息道："真不知道是诗文发自感情，还是感情发自诗文，读来迷离沉痛，愈使我感到夫妻情重。"

殷融长于笔才

江南殷融、殷浩叔侄都善于析理，但一讷一辩。

殷融的侄儿殷浩长于口才，常剧谈不休。殷融和殷浩清谈，殷融常居下风。这时候殷融往往就会说："你还是回家去看看我所写的论著吧！"

庾敳作《意赋》

庾敳作《意赋》，完成后，拿给侄儿庾亮看。庾亮道："叔叔的赋，如果说是有意，赋里又没有完全表现出来；如果说是无意，那还作什么赋？"庾敳笑道："我的赋就在有意无意之间。"

郭璞《幽思篇》

郭璞姿貌不扬，又不喜修饰，而且经常纵情任性，吃饭常是过饱，喝酒常是大醉。有人劝他说："你这样恐怕会把身体弄坏哦。"郭璞却说："上天所给我的太好了，哪里会弄得坏？"

郭璞学问博而奇，文藻富赡（shàn）。他写的《幽思篇》，其中两句"林无静树，川无停流"，阮孚叹赏不已。阮孚说："真是萧瑟高深，不可言传。好比是极目一望，便觉形神无限超越。"

庾阐作《扬都赋》

庾阐的《扬都赋》，有句颂扬温峤和庾亮的话说：

温挺义之标，庾作民之望。

方响则金声，比德则玉亮。

庾亮把赋拿来一看，看到"比德则玉亮"，认为和自己的名字犯冲，不妥，便把"亮"改为"润"，又把"望"改为"隽"。

世传《扬都赋》，据说是庾亮如此改过的。

谢安讥评模拟作赋

庾阐的《扬都赋》呈给庾亮看的时候，亮以同族之情，为幼辈延誉，于是向人宣扬道："此赋可三二京，四三都。"意思是说：这篇赋可与班固的《两都赋》、张衡的《二京赋》鼎足而三，也可以和班、张及左思《三都赋》并驾为四。

庾公望重一时，经此揄扬，于是京城附近，人人争着抄写，纸为之贵。谢安知道以后，认为此风不可长，便说："不要这样。这种赋，简直是屋上架屋，床上架床，有何名贵！子弟事事模拟，不去创造，未免越来越浅陋无知！"

习凿齿作《汉晋春秋》

习凿齿识见不凡，桓温很器重他。桓温任荆州刺史时，特别提拔习凿齿，一年之中升迁了三次。

那时简文帝在位。简文帝是桓温所立。桓温数次北伐，朝廷都不支持，因此他想取代简文帝，另创大业。

桓温派习凿齿返金陵探望简文帝，想借习的判断来定夺。不想习并不同意桓温的野心作为，他对简文帝的印象很好，便向桓温说："我一生没有见过这样的人。"于是桓温大怒，把他贬了出去。

习凿齿被贬以后，不久便得病，但在病中还在写作《汉晋春秋》，坚持他的看法。

五经鼓吹

左思的《三都赋》和张衡的《两京赋》，很受时人的重视。孙绰便说："《三都赋》《二京赋》是五经鼓吹。"意思是说，这五篇赋都是经典的羽翼。

张凭作母诔

有一次，谢安问陆退："张凭为什么只作母诔（lěi）而不作父诔？"陆退答道："男人的美德，已表现在事业操行之中，早为世人所知；但妇人的美德，只表现在家庭琐事之中，不靠诔文，何以传世？"

陆退是张凭的女婿。

陆机才多为患

潘岳的文章清绮无比，文字洗练。陆机的文章虽然也华美丰蔚，但稍嫌堆砌。因此，孙绰曾经评潘、陆二家的文章说："潘文如锦绣，没有一处不好；陆文却要沙中拣金才行。"张华也很赏识陆机，他说："人家作文，常患无才，陆机作文，简直是才太多了！"

孙绰《游天台山赋》掷地金声

孙绰作《游天台山赋》，拿给范启看。孙绰自夸说："你试把我的赋掷在地上，也会发出金石声！"范启见孙绰太自负，便说："你的金石声，恐怕未必就美妙吧！"但范启后来读了《游天台山赋》，竟然赞美不已。

"赤城霞起而建标，瀑布飞流而界道"，便是《游天台山赋》中的名句。

谢安的碎银子

谢安为简文帝立谥号。他提出议论说:"按照谥法'一德不懈曰简,道德博闻曰文',追怀先帝的美德,与此相仿佛,应上谥号称简文。"桓温看了,心中十分不平,便把它掷给其他座客,说:"你们看吧,这便是谢公的碎银子。"意思是说:谢安所立谥号,完全是溢美不实,因此这无疑是谢安自贬身价。

袁宏擅《咏史诗》

袁宏小时候,家里很穷,曾经替人帮佣,运载租米。

有一个秋天的晚上,袁宏运载租米,路过当涂县的采石矶,刚好镇西将军谢尚也穿着便服在此泛舟。谢尚在月下听到运租米的船上有人吟诗,且情致高雅,便派人去探问。原来是袁宏在吟唱自己所作的《咏史诗》。谢尚把袁宏邀请到自己的船上,畅谈到东方发白。此后,袁宏便声望日隆。

潘岳浅净,陆机深芜

孙绰评潘岳、陆机的文章说:"潘文浅而利落,陆文深而芜杂。"

法为难他，羊孚道："我们讨论四回合（主客各执一正一反之理一次为一回合，魏晋俚语称作'一番'）以后，应当会得到相同结论。"殷笑道："只要能尽齐物之义，结论又何必相同呢？"等到四回合之后，折回来一通解，双方结论果然相同。

至此，殷道："我再也提不出别的跟你不同的道理了！"便大为叹服羊孚为新秀。

殷仲堪读《道德经》

殷仲堪常以《道德经》自随，对人说："三天不看《道德经》，便觉舌根牵强，语言无味。"

提婆讲《阿毗昙经》

东亭侯王珣崇信佛教，造了许多精舍。

有一次，西域高僧提婆到中国来，王珣便请他到精舍讲《阿毗（pí）昙经》。提婆开讲没多久，王僧珍便说："我已懂了。"便跑到别的精舍去亲自主讲。

提婆讲完以后，王珣问法纲和尚："弟子都还不了解《阿毗昙经》，王僧珍怎么就都了解了呢？他了解到什么程度了？"法纲

裴启作《语林》

裴启少有风姿才气，喜欢讨论古今人物。他所作的《语林》，问世的时候，大为远近所传颂。当时的名流和少年才俊，莫不竞相传抄，各藏一本。《语林》中所载王珣所写的《经黄公酒垆下赋》，才情尤为特出。

谢万作《八贤论》

谢万作《八贤论》，以渔父、屈原、司马季主、贾谊、楚老、龚胜、孙登、嵇康为八贤。然后他评判这"八贤"优劣的标准是：凡是不做官的隐士便判为优，做官的便判为劣。

孙绰对谢万的评判大为不满，便批评谢万说："这样的论断只怕太浮浅了。应该不管他做不做官，只要能体会玄理、见识高远，便判为优才是。"谢万很不服气，便拿给顾夷看。顾夷看了，也只好摇摇头说："我也作过《八贤论》，我想你大概都忘了吧！"

袁宏《北征赋》

桓温命袁宏作《北征赋》，赋成，桓公和当时名流都叹赏不已。王珣看了却说:"可惜少了一句,要是能够加上一句,以'写'(音义同'泻')字为韵脚,那就更好了。"袁宏立刻拿笔加了一句:"感不绝于余心,溯流风而独写。"桓公一看,笑道:"当今作赋,又快又好的,恐怕不得不推袁宏为第一了。"

《北征赋》中,"恐尼父之恸泣,似实恸而非假。岂一物之足伤,实致伤于天下。感不绝于余心,溯流风而独写",是其名句。

袁宏《名士传》

袁宏作《名士传》,传成,亲自呈给谢安。谢安看了笑说:"我从前曾和客人谈江北的逸闻,那只是说着好玩的,不想袁宏竟拿来著书。"

《名士传》中以夏侯玄、何晏、王弼为"正始名士";阮籍、嵇康、山涛、向秀、刘伶、阮咸、王戎为"竹林名士"。

袁宏倚马可待

桓温北征,袁宏随侍在侧。后来袁宏因为出言不逊,得罪了桓温,遂被免职。

但是，有一次桓温急需一篇露布（告捷的文书），便又立刻唤袁宏来，命他倚靠在马前写作。袁宏下笔如神，一下子就写了七张纸。王珣在旁边，看了这篇露布，也不能不赞叹袁宏的捷才。

顾恺之作《筝赋》

有人问顾恺之："你写的《筝赋》和嵇康的《琴赋》，哪一篇比较好？"顾恺之道："不会欣赏的人，一定会说我的《筝赋》写得比较晚，拾人唾余，没有什么价值；但有法眼能鉴赏的人，一定会给我的赋'高而奇'的评价。"

殷仲文读书不广

殷仲文天分很高，可惜读书不够广博。所以，谢灵运看了他的文章，便叹息说："假使殷仲文读书有袁豹的一半，那么他的文才必不比班固差多少。"

羊孚作《雪赞》

羊孚作《雪赞》，形容雪的洁白飘逸，使物象生辉。他说："资清以化，乘气以霏；遇象能鲜，即洁成辉。"桓胤看了，十分称赏，便拿来书写在扇面上。

古诗何句最佳

王恭在京师信步闲行，路过弟弟王爽家门口，便驻步和他聊天。王恭问："你看古诗中哪一句最好？"王爽一时答不上来。王恭道："'所遇无故物，焉得不速老'最好。"

这两句古诗出自《古诗十九首》之第十一首，意思是：往日的故友都一个个地去世，自己也就感到老得更快了。

桓玄登楼作诔

有一次，桓玄登上江陵城的南楼。正徘徊间，他对左右说："我想替王恭作一篇祭诔。"说罢，便在城楼上高声吟啸，接着他便坐了下来，握管沉思。就这样，一坐之间，诔文便完成了。

桓玄酬答贺版

桓玄初克荆楚，领荆、江二州刺史，并有二府、一国。那时天正下大雪，五个地方的贺版纷纷来到。桓玄坐在厅上，贺版一到，立刻酬答。版后的文章无不粲然可观，且二州、二府、一国，毫不相乱。

方正第五

陈元方责客人无礼

太丘长陈实和朋友约定某日中午要出门。过了中午，那位朋友还是没有来，陈实便走了。

陈实走后，那个朋友才到达。陈实的儿子元方才七岁，正在门外游戏。那客人问元方："令尊在家吗？"元方说："他等你等了很久，你一直没来，所以他就走了。"那客人听了怒道："真不讲理！既然和我约定会面，怎么又把我抛下走了！"元方道："你和我父亲约定中午见面。你却过了中午才来，是不讲信用；在我的面前骂我的父亲，更是没有礼貌。"那个客人没想到元方这么聪明，口才又好，有点儿不好意思，便下了车想拉拉元方的手，元方却跑进门里，不再理他了。

宗承不交曹操

南阳人宗承自小性情耿介，在乡里很有声望，许多人都去造访他。

曹操和宗承年纪相差不多。曹操小时候去过宗承家，拉着他的手，想跟他做朋友，可宗承却不喜欢曹操。

后来曹操做了宰相，总揽朝政，那时宗承也名满天下。曹操又从容问宗承："我们现在可以交个朋友吗？"宗承竟答道："松柏之心不变。"曹操对这书呆子心中有气，但又不便得罪他，唯恐落人口实，说自己量小。

于是曹操想了一个办法，叫自己的儿子曹丕、曹植向宗承执弟子之礼，有时候也亲自去宗承家访以朝政，他这种"薄其位而优其礼"的做法，使天下人不敢讲话。

郭淮夫妻情重

郭淮的妻子是王凌的妹妹。王凌做过太尉，因反叛司马宣王而被杀。按照当时的法律，王凌的妹妹要连坐。

当京师派人来抓郭夫人的消息传出以后，关中州府文武官员及百姓，纷纷请求留住夫人。郭淮不敢答应，如期把夫人戎装，遣使上路。

但郭淮治理关中三十多年，深得民心。一时间，百姓奔走呼号竟绵延十余里，郭淮的五个儿子也叩头流血，请求追回母亲。郭淮不忍坐视，便令追回夫人。

后来，郭淮自知触犯了宣王，便上书道："五子哀恋，思念其母。其母既亡，则无五子。五子若殒，亦复无淮。"宣王看了，遂宽赦了郭淮和他的夫人。

辛毗杖金斧执法

诸葛亮北伐，占据武功五丈原与司马懿对垒，一时关中震动。

魏明帝唯恐司马懿沉不住气，开城出击，便有战败的危险，于是派遣辛毗前往监军。

诸葛亮见司马懿闭垒不战，便一面派人辱骂司马懿胆小如鼠，一面派人送上一套妇女的衣衫，要他穿上。这一来果然激怒了司马懿，但是诸葛亮等了很久，却始终不见魏兵开城出击。

于是，诸葛亮便派了探子去打探消息。那人回来报告说："有个老头子，手拿金斧（黄钺），站在营垒门口，杀气腾腾，所以军队开不出来。"诸葛亮听了，微微笑道："此人必是辛毗无疑。"

金斧（黄钺），是代表皇帝的权杖，如有人违抗，立即杀无赦。辛毗为人正直，所以魏明帝才把金斧交给他。

夏侯玄生死不渝

夏侯玄学问博雅，风格高朗。钟会很想和他结交，但被夏侯玄拒绝了。后来，夏侯玄因为得罪大将军司马师而被收捕，交给钟会的哥哥钟毓审理。钟会一看机会来了，便去狎侮夏侯玄以报前仇。夏侯玄面色一整，说："钟君，你我志趣不投，不适合做朋友，现在我虽受刑，你也不可以这样对我！"

钟毓对夏侯玄却十分尊重。玄受拷问时，一句话也没有说，甚至临刑之前，玄仍是举止自如，像平日一样从容。

夏侯玄同而不杂

陈骞的哥哥陈本和夏侯玄相友善，但陈骞则因在外做官，跟夏侯玄没什么交情。有一次，夏侯玄到陈本家中宴饮。陈骞得到消息，便赶回家中想和夏侯玄会面。

陈骞一进家门，夏侯玄便站起来说："我们可以在一起吃饭，但交情另当别论。"陈骞听了，愣在门口，过了一会儿才说："你的话不错！"说完便走了。

陈泰正直不屈

高贵乡公曹髦受司马昭控制以后，心中忧愤不平。最后他只好孤注一掷，率领僮仆数百人去杀司马昭，半路上被司马昭党羽贾充截住，曹髦被杀。

曹髦被杀死的时候，宫廷内外，议论纷纷，喧腾不已。司马昭便问曹髦的侍从陈泰："你说，怎样才能使大家安静下来？"陈泰道："最好立刻杀掉贾充，向天下人谢罪，这样便能平息物议！"司马昭说："还有别的办法吗？"陈泰道："我只知最好的办法，不知其他的办法。"

和峤实话实说

晋惠帝小时候痴愚不慧，武帝很担心他将不能继承大业。

有一次，晋武帝对和峤说："太子最近似略有长进，请你去看一下！"和峤去看了以后，回答晋武帝说："太子圣质如初。"晋武帝为之默然。

诸葛靓孝谊为先

吴人诸葛靓（jìng）以父亲为司马昭所杀，因此，晋灭吴以后，他虽迁居洛阳，但经常背向洛水而坐。晋武帝屡次派人请他出来做官，他也不答应。

诸葛靓的姐姐是武帝（司马炎）的叔母，武帝因为想念诸葛靓，便请叔母把靓找来，在她家中会面。

靓谒见武帝，叙礼已毕，便在一起宴饮。武帝说："小时候我们是常在一起的玩伴，你还记得吗？"靓面色一变，说道："过去的事不用再提了。今天我就是漆身吞炭，完全改变了我自己，也不能再出来服侍陛下！"说罢涕泪纵横。最后，武帝只好惭愧而去。

王武子持正不阿

晋武帝对和峤说："我想痛骂王武子，然后再给他加官爵。"和峤道："王武子为人爽直，恐怕不会屈服。"武帝不信，把王武子找来狠狠训了一顿，然后问说："你现在知道惭愧了吧！"王武子却说："'一尺布，尚可缝；一斗粟，尚可舂；兄弟二人不能相容。'每次想起这首歌谣，便常为陛下感到可耻。别人能使陛下亲戚不睦，我却无力使陛下亲戚和睦。如果要说惭愧，只有这件事愧对陛下。"

原来，武帝和齐王攸之间，兄弟不睦，武帝姊妹常山、广德二公主苦劝亦不听，所以王武子借机讽刺。

杜预独榻而坐

杜预出身贫贱，又尚豪侠，不为乡里所容。

后来，杜预拜镇南将军，都督荆州的军事，上任的时候，官员们都来送行。但这些宾客到了杜家，却仍然是连榻而坐，不愿和杜预坐在一起。有一个叫羊琇的宾客，后来才到，见了这情形便笑说："杜家还是连榻坐客吗？"说罢，不肯落座，竟自走了。

杜预灭吴回来，声望便不同了。从此他也是独坐一榻，不肯和宾客连坐在一起了。

和峤刚直坐专车

晋武帝时，荀勖（xù）为中书监，和峤为中书令，当时的中书监、中书令常同车入朝。

和峤为人刚直、不讲私情，荀勖则常常谄媚，为此，和峤很看不起荀勖，认为与他同车是一大耻辱。

有一次入朝的时候，车刚到和峤便上车，正面向前坐。荀勖一看，车上的座位都被和峤占了，根本再也容不下自己，只好另外找了一部车子去上朝。

从此以后，朝廷只好给中书监、中书令各配一部车子。

山允拒见武帝

山涛之子山允，有一次忘了戴帽子，伏靠在车子里面。那时，晋武帝已催过好几次说要见他。山涛不敢推辞，只好问儿子："怎么样，你到底去还是不去？"儿子说："不去。"

于是，当时的人便评论说："儿子胜过山公。"

向雄义不复交

向雄做河内太守的主簿（掌理文书）时，有一次送公文的人把公文弄丢了。太守刘准误以为向雄偷懒，不分青红皂白就狠狠地把他揍了一顿，然后把他革职打发了。向雄为人素重气节，他认为这件事是奇耻大辱，便和刘准绝交了。

很不巧的是，后来两人竟又都在门下省做官，向雄做黄门侍郎，刘准做侍中（门下省的领袖）。向雄见了他的上司，始终不肯和他交谈。

晋武帝听说向、刘二人不说话，便命令向雄去重修旧好，至少官府上下的关系应该要维持。向雄不得已只好去造访刘准，并对他说："我今天是奉皇上的命令才来的，你我之间，上下之义早已断绝，你想怎样！"说罢便自走了。

晋武帝听说向、刘二人还是不肯和好，便很气愤地责备向雄说："我要你们修复官府上下的关系，怎么到现在还是不相往来呢？"向雄不得已，只好说了一番心里话。他说："从前官府的执政长官，用人的时候讲求合礼，把人免职也必须合礼；现在我所遇到的长官，要用人的时候，便对他百般亲密，不用他的时候，便对他落井下石。我对刘不以兵刃相加，已是很客气的了，哪能再修复旧好！"武帝也无可奈何。

嵇绍拒做伶人

嵇绍做侍中的时候，有一次到大将军府去讨论政事。

会议快开始的时候，有客人建议说："嵇侍中善于丝竹管弦，何不请他当场演奏一番，以娱众人？"于是大将军也不征求嵇绍的意见，便叫人把乐器拿了进来。嵇绍却拒绝不受。大将军说："大家难得聚会见面，气氛欢洽，君为何要拒绝呢？"嵇绍答道："大将军协辅皇室，一举一动，天下瞩目。嵇绍虽然官职卑微，却也不敢穿着先王的法服，去从事伶人的工作。大将军一定要我演奏的话，请容我换上便服。"那客人只好惭愧而退。

陆机应对不亢不卑

　　范阳人卢志，自负家族的声望，有一次竟在四座广众之间问陆机说："陆逊、陆抗是你家的什么人？"陆机从容答道："就好比你和卢毓、卢珽的关系一样。"

　　陆机的弟弟陆云站在旁边，当他听到卢志这样不客气的问话时，脸色马上就变了，因为直呼对方父祖的名姓，是极其失礼的行为。

　　二陆出来以后，陆云问道："阿兄，他们怎么这样无礼？难道他们真的不知道吗？"陆机脸色一整，答道："我们的父祖，名扬四海，他们岂能不知？只有他们这些鬼子，才会不把吴郡陆氏放在眼里。"

　　当时名贤正想拟定二陆的优劣。谢安听了这故事，便以此判定二陆的高下。

　　"鬼子"指卢志。相传，汉代的卢充和鬼结婚生子，卢志是他们的后代。"鬼子"的称呼，暗示陆机博学而敏捷。

庾敳我行我素

魏晋时期，称呼人为"卿"，是一种亲昵的称呼。

王衍不喜欢庾敳，庾敳却老是缠着王衍"卿卿"不已。王衍便道："你不要再这样。"庾敳道："你称我为君，我叫你为卿。我自用我的用法，你自用你的叫法，有什么不可以！"

阮修无鬼论

阮修和人讨论鬼神有无的问题。有人认为人死有鬼，阮修则认为人死后不应有鬼。他说："看见鬼的人都说鬼穿着生前的衣服，就算是人死后有鬼，难道衣服也会有鬼吗？"

王导不肯曲学阿世

东晋元帝特别宠爱郑后。有一次，他想废太子改立郑后之子为太子。于是王导、周顗诸公无不据理力争，只有刁协阿谀谄媚，想捡些小便宜。

元帝见大臣们不从，便心生一计。在废太子典礼的那天，把典礼改在宫廷东厢举行，另外派出心腹传诏，把王、周诸公支遣到西厢去。

周顗、王导上殿的时候，有传诏的人出来把他们引导到西厢。这时，周顗还没有觉察元帝的计谋，便自下阶。可是王导已知有异，便把传诏的人支开，直入御床前，对元帝说："陛下为什么今天不愿意见老臣？"元帝知道瞒不住王丞相了，便自怀中取出一纸写好的诏书，撕裂了掷在地上。于是废太子的典礼才被阻止。

事后，周顗叹息着对人说："我从前常自以为胜过王丞相，现在才知道我远不及他啊！"

"曲学阿世"是汉代大儒辕固生骂公孙弘的话，意指违背良心，做谄媚无耻的事。

陆玩不婚王、谢

魏晋之世，有名望的大族莫不讲"门当户对"的联姻。如果名望不相称而联姻，会被批评、笑话。

王导刚到江南的时候，为了拉拢吴人，便自动请求要和太尉陆玩联姻。可是王导出身琅邪王氏，是北方头等有名望的大族，而陆玩则出身江南的吴郡陆氏，虽然也是江南望族，但两家的名望仍很悬殊。

因此，当王丞相向陆太尉请求联姻的时候，陆玩便赶紧拒绝道："那怎么行！兰花和狗尾草怎么能摆在一起。我陆某虽然没有什么见识，但也绝对不做第一个败坏人伦、风俗的人啊！"

诸葛家法严整

诸葛恢的大女儿，嫁给了太尉庾亮的儿子。庾亮的儿子后来被苏峻加害，因此，诸葛恢的大女儿便改嫁给江虨。诸葛恢的二女儿嫁给了徐州刺史羊忱的儿子，诸葛恢的儿子则娶了邓攸的女儿。

当时，尚书谢裒也想和诸葛恢联姻。诸葛恢却说："我们家和羊、邓两家，是世代联姻的。至于江家，是我眷顾他；庾家则是他眷顾我了。你们谢家，我是再也不敢高攀了。"

诸葛恢死后，谢裒还是叫他的儿子谢玄娶了诸葛恢的小女儿。三天以后，王羲之到谢家去看新媳妇，只见新妇容服齐整，端庄娴静，完全像是诸葛恢生前的仪规。于是王羲之大为叹服，对人说："我在的时候，嫁女儿也不过如此！"

周顗兄弟情重

周顗、周嵩、周谟是三兄弟。周谟做晋陵太守，将要上任的时候，周顗、周嵩前来送行。周谟因为要出远门，便哭个不停。周嵩性情刚直，便怒道："怎么像是妇人小姐一样，只不过是暂时分别，就哭个没完。"说罢径自走了。周顗却留了下来，拍着周谟的肩膀说："好好保重！"两兄弟闲话家常良久，周顗才离去。

周嵩刚烈批刁协

周顗做吏部尚书的时候，有一天晚上在尚书省内忽然得了急病。那时，刁协做尚书令，一见周顗病重，便亲自为他奔走医治，照顾得无微不至。过了好久，周顗的病况才稍微好转。

第二天一大早，周顗的弟弟周嵩得到消息便匆匆赶到。周嵩刚踏进门，刁协就趴在床下大哭，诉说昨夜危急的情况。周嵩性情刚烈，素来厌恶刁协在朝中谀媚无耻，因此，当下一个巴掌打在刁协脸上，使刁协狼狈而走。周嵩来到床前，也不开口问病，就指着周顗说："你在朝廷一向与和峤齐名，怎么会和佞人刁协有交情！"说完，便自走了。

何充摘奸发伏

王含做庐江郡太守的时候，贪污狼藉。他的弟弟王敦维护兄长，竟在大庭广众之下宣称："家兄在庐江很有政绩，所以庐江人士都有口皆碑。"当时何充正做王敦的主簿，掌理文案。他一听这话，大为不满，便大声说："我何充便是庐江人，所听见的风声却不一样。"王敦为之默然。

那时王敦威权在手，无人敢抗，所以何充讲完话以后，四座无不替他捏一把冷汗，何充却神色自如。

顾显谈言微中

顾显是吴郡人，江南望族，年少而有重名。

有一次，顾显向周顗劝酒，周顗总是不肯喝。于是他拿着酒杯劝柱子说："便是你以栋梁自许吗？"周顗会意，为之大笑不已。

从此以后，顾显与周顗遂为契交。

周顗厉折人主失言

东晋元帝在西堂大会朝士，一同宴饮。席间，元帝虽未大醉，但已有几分酒意，便问："今天的盛会，名臣共集，诸位认为比起尧、舜，到底如何？"那时，周顗身为尚书仆射（yè，宰相），一听元帝如此失言，自己是百官的领袖，怎能再沉默下去？于是他站起来，厉声说道："虽然同是人主，又哪能跟尧、舜的圣治相比呢？"元帝见周顗如此不客气，大为震怒，立刻退席，到里面亲自写了一封诏书，满满的一张黄纸，交付廷尉（法官）令收捕周顗，准备要杀他。

过了几天，周顗接到一封诏书，把他贬出京师。一时朝士都来探望。周顗笑道："我就知道自己死不了，因为我的罪过并没有这么大呀！"

周顗痛恶暴力

荆州刺史王敦想引兵下建康（今南京城），时论都认为他不会成功。周顗听到王敦的野心以后，愤愤地说："主上既非尧、舜，哪能没有过失？做臣子的又怎么可以对朝廷以暴力相加？王敦贪婪刚愎，可惜王平子不在。"

王澄，字平子，孔武有力。往年在荆州，常对王敦不满而屡屡折辱他。后来王敦不能忍，便派出勇士路戎等人把他斗杀。故事载于《晋阳秋》。

温峤威武不能屈

王敦自武昌引兵下石头城，想用兵力废掉太子。但是，太子十分聪慧。王敦为了找借口，便常在宾客会集的时候宣扬太子的不孝之状。然后又说：太子的不孝情形，都是温峤告诉他的。

温峤为人正直，曾是太子的辅导官。有一次，王敦派人把温峤找来，疾言厉色地对他说道："太子的为人到底怎样，你说来听听。"温峤从容答道："小人难以测君子。"王敦愈怒，又更大声喝道："太子到底有什么好处？你说！"温峤答道："对太子的聪慧远识，温峤浅薄，不敢妄测；但至少太子以礼侍奉双亲，可以称为孝子。"王敦因此不能折。

周颙义不偷生

王敦兵下石头城，王师败绩。有人劝周颙出京避难，周颙不但不走，反而亲自去见王敦。

王敦见周颙来了，便先发制人，说："你为什么对不起我？"周颙答道："将军带兵犯京师，我率大军前来阻止。可惜王师不振（使你遗臭千秋），这点实在对不起你。"

钟雅不避死难

苏峻因征讨王敦有功，官拜历阳太守。有一次，他军营外的战鼓无故自鸣。苏峻知道不祥，便亲自把战鼓砸烂了。可是，过了不久，便听到风声：有人告他造反。苏峻大怒："京师谣传说我要造反，这还得了！我宁可坐在山头遥望廷尉（政府的法官），也不愿意让廷尉老是望着我这座山头！"说罢真的反了。

苏峻带兵直入石头城（京师），百官一看，都逃散了，只有侍中钟雅随侍在明帝身边。

有人对钟雅说："可进则进，可退则退，这是古人的明训。你的个性太正直，等一下贼寇来了，必然不免。何不随机应变，而非要坐以待毙呢？"钟雅答道："朝廷有难，我无力匡救，已是失职。如果现在还自编口实，逃避责任，恐怕董狐的竹简将不会饶我。"

董狐的故事，见《左传·宣公二年》。赵穿杀了晋灵公，那时赵盾为百官之首，却没有发兵讨贼，太史董狐便在竹简上记载："赵盾弑其君。"以此警戒后世想逃避责任的臣子。

钟、庾一死一生

当苏峻之乱，朝廷百官奔散的时候，庾亮很慎重地把后事交付给钟雅，要他担负起来。钟雅很感伤地说："今天弄到梁栋崩折，究竟是谁的责任呢？"庾亮道："今天的局面，不容我们现在来检讨。我们应当想办法早日收复京师才是。"钟雅说道："足下真不愧是荀林父啊！"

荀林父的故事，见《左传·宣公十二年》。楚庄王出兵围郑，晋平公便派荀林父率兵救郑。双方会师于邲（今河南郑州），结果晋师败绩。荀林父回来以后，自请处以死罪。晋平公却赦免了他。后来荀林父北征赤狄，拓地广大，晋平公便以千家赏他做食邑。

孔群邪正分明

匡术做过阜陵县令，后弃官亡命成了无赖。苏峻造反的时候，匡术也在其中。苏峻很宠信匡术，赐给他很多宾客随从。

苏峻占领石头城时，有一天，孔愉和孔群路过横塘边的御道，刚好匡术带着宾客走过来，孔愉便和匡术打招呼，孔群站在一边，正眼也不瞧匡术一下。匡术大怒，拔刀砍向孔群，孔愉赶紧抱住匡术，向他道歉说："我族弟发疯了，请看我的面子，原谅他吧！"孔群这才逃过一劫。

后来，王师反攻苏峻，苏峻大败，匡术也以台城投降。由于王导做匡术的保人，匡术才免于受刑。

有一天，王导、孔群、匡术在一起喝酒聊天，王导便半开玩笑地要匡术向孔群劝酒，以冰释昔日横塘逼迫之恨。哪知道孔群竟悻悻然地说："即使老鹰化作斑鸠，我还是讨厌他的眼睛。"于是和匡术不欢而散。

孔坦春秋责备贤者

苏峻的乱事平定以后，王导、庾亮诸贤都一致推荐廷尉孔坦出任丹阳太守。

这次大乱，丹阳首当其冲，满目疮痍，短期之内要想复元，实在不容易。孔坦知道诸贤的用意，因此心里很不痛快，认为王、庾诸公有推卸之嫌，便开口骂道："从前肃祖（明祖）临崩的时候，诸公都受顾命。孔坦微贱，自不在顾命之列。今天大难初平，你们竟把责任通通推到我的肩上，难道我便是俎上之肉，任人宰割吗？"说罢，拂袖而去。朝廷诸公再也不敢议论此事。

梅颐报恩有价

梅颐做豫章太守的时候，有一次，东窗事发，王导派人把他收捕了。

梅颐曾救过陶侃的性命。因此，陶侃得知梅颐被捕以后，便对左右说："当今圣上年纪已经大了，威权早已旁落。王丞相既然可以收捕梅君，难道我陶公便不能放了梅君吗？"于是派人到半路上埋伏，在江口把梅颐夺了回来。

梅颐见了陶公如重见天日一般，便双膝落地，感激不已。陶公却一把把他拖了起来，说："梅公不可这样。"梅颐道："大丈夫恩怨分明，梅颐的膝盖也不是随便落地的。"

蔡谟不好女伎

蔡谟在丞相王导家中做客，王丞相意兴大发，便派人布设床席，准备大陈女伎。蔡谟心中不快，便起身告辞而去。王导笑了笑，也不留他。

何充外柔内刚

成帝刚刚谢世的时候，储君未定。那时何充和庾冰都是顾命大臣，不免忧心忡忡。

后来，何充建议立成帝之子；庾冰和朝议却认为外寇方强，储君不宜太年幼，于是便立了成帝之弟康帝。

康帝即位，大会群臣，问何充："朕今天继承大业，究竟是谁的建议？"何充答道："这是庾冰的功劳，不是微臣之力。如果当时采纳微臣之建议，恐怕看不到今日盛明之世。"于是康帝面有愧色。

江彪《棋品》第一

范汪作《棋品》，江彪列第一品，王导列第五品。

江彪少年时，王导时常找他下围棋。每次王导都是输两子的光景。有一次，王导想和江彪下一盘平手棋，暗中特别小心。王导落子以后，便留神观察江彪的反应。江彪把棋子拿在手上，却不即刻落子。王导说："怎么啦？还不走啊！"江彪答道："慢一点儿，这子恐怕不能下在这里。"旁边有一个客人看出了玄机，便笑道："这少年的棋力不差啊！"王导抬起头来，瞪了他一眼，一个字一个字地说道："这少年岂止棋力不差！"

孔坦临终有话言

孔坦临终时，庾冰特地从会稽赶回来看他。相见以后，庾冰一片亲切，边说边掉泪。

待庾冰停下来以后，孔坦一阵感慨，说道："我是死定了。可惜你这次来看我，竟不问我有什么治国安家之计，尽作些儿女情态！"庾冰听了，大为惭愧，便向故人谢罪，并请留下话言。

"话言"的故事，见《诗经·大雅·抑》篇："其惟哲人，告之话言。"话言就是善言。

刘惔怒叱桓使君

桓温北征前燕，败于枋头，常常觉得找不到机会雪耻。因此，日子过得很不痛快。

有一次，他去造访刘惔。刘惔故意高卧不起。桓温无名火起，便挟起弹弓，对着刘惔的枕边打去。一时弹丸四碎，散布在床被上。

刘惔从床上跳起来，大怒道："使君有这样身手，何不到战场上显显本事。"一句话正中桓温心事，桓温气得咬牙切齿。

桓温做过徐州刺史，故称使君。

深公晚年独白

竺法深年老以后，常听到江湖上不少黄口小儿在谈论他。

深公说道："你们这些黄口少年，不要信口随意批评我老道。想当年，二圣（元、明二帝）与我为师友。王（导）、庾（亮）二公臭味相投，也经常周旋在我的身边。"

六朝时，称和尚为"道人"，所以深公自称为老道。

"臭味"是指气味，所以俗话说"其臭如兰"。

王坦之不做尚书郎

王坦之出身太原王氏，世为冠族。王坦之年少时，江彪做尚书仆射，总领选事。有一次，他想任用王坦之做尚书郎，有人便去告知王坦之。王坦之听了便说："自渡江以来，尚书郎都只用寒庶，现在为什么要选我？"江彪只好作罢。

王述厌恶俗套

王述为人处世，一向厌恶虚文俗套。他升迁尚书令时，毫不谦让，令到便行。

王述的儿子王坦之劝父亲说："父亲，你应该谦让一点儿。"王述说："你认为我不能称职是吗？"王坦之道："怎么会不称职，但谦让亦是好事，礼数上恐不可缺。"王述叹道："既能胜任，又何必谦让！你年纪轻轻，就学会这一大套虚文。人家都说你将来会胜过我这个做老子的，据我看来恐怕未必！"

庾羲婉谢诔文

孙绰作了一篇《庾公诔》，悼念庾亮。文中尽是夸大自己和死者生前交情的言辞。庾公子羲把诔文拿来一读：

咨予与公，风流同归。拟量托情，视公犹师。

君子之交，相与无私。虚中纳是，吐诚诲非。

虽实不敏，敬佩弦韦。永戢（jí）话言，口诵心悲。

"太过分了！"庾羲心想。他亲自把诔文送还孙绰，说道："先父与君的交情，自然不至如此！"

"敬佩弦韦"是《韩非子·观行》中的故事。西门豹性子急躁，所以身上常佩一块牛皮，警戒自己要放慢性子。董安于性子迟缓，所以身上常佩一根弦，警惕自己要急进些。

简文帝难得糊涂

王濛求做东阳太守，简文帝不肯用他。后来王濛病重快要死了，简文帝去探望他，不觉悲叹："我要一辈子对不起你了，我还是让你做东阳太守吧！"王濛便说："人家都说会稽王（指简文帝）糊涂，真是难得糊涂啊！"

刘简刚直

刘简曾做桓温的随从秘书，后来又做东曹参军，参议军事。由于性子刚直，常顶撞桓温，桓温便逐渐不亲重他。有一次，刘简旁听桓温审理一桩案子，一句话也不说。桓温问道："刘参军怎么不说话？"刘简答道："说了也是白说！"桓温听了，也不怪他。

刘惔不近小人

刘惔和王濛外出，过了吃晚饭的时间很久了，两人还没吃东西。有个相识的小人，便端来餐点，菜色鲜美，可是刘惔不肯就座。王濛便说："姑且填填肚子吧，何必拒人千里之外！"刘惔道："小人都不可以结缘。"

桓温不够豪迈

钟山的西边，形状像是一条翻覆的船，俗称覆舟山。

有一次，王濛、刘惔和桓温三人同到覆舟山游玩，之后坐在山头上喝酒。

当三人都喝到醺醺然的时候，刘惔便把脚架在桓温的脖子上。桓温不能忍受，便举手把他拨下去。王濛看在眼里，也不说话。

回来以后，王濛对刘惔说："桓公自以豪迈过人，难道刚才你把脚架在他的脖子上，他就使脸色给你看吗？"

桓温直言无忌

桓温问桓伊："谢安既然料定谢万将来必败，为什么又不劝劝他呢？"桓伊说："那人的脾气很难侍候！"桓温跳起来说道："谢万这小子懦弱平庸，怕他什么来！"

罗君章清简自足

罗君章做过桓温的随从秘书，常嫌官舍喧嚣，便自盖了一座清居，布衣蔬食，以此自足。

有一次，他在别人家做客，主人要他和宾客多聊天。罗君章答道："相识已多，不愿多扰。"

韩伯忧时不忧病

有一次，韩伯病中在院子里闲步，偶然驻足，便听见门外谢家子弟车声隆隆，不绝于耳。于是叹息道："这和王莽时代又有什么不同呢！"

王莽的故事，见《后汉书》。王家宗族，十人封侯，五人封大司马大将军，钟鸣鼎食，富贵第一。

王坦之女不嫁兵家

王坦之做桓温的秘书时，桓温要求王坦之的女儿做他的儿媳妇。王坦之说："我不敢做主，要先问过家父。"

王坦之回到家里，因为父亲王述很疼爱他，虽然坦之已长大，仍旧把他抱在膝盖上，坦之便借机把桓温的话说了。不料王述听了大怒，一把把坦之推下膝盖，大声说道："你怎么又糊涂起来了？怕桓温吗？桓温是个大老粗，哪能让女儿给他做儿媳妇？"

王坦之不得已，只好回报说："小女的婚事，家父早已另有安排了。"桓温也不生气，只是说道："什么安排？不过是尊翁不肯答应就是了。"

后来，桓温的第二个女儿终于嫁给了王坦之的儿子王愉。

王洽责人呼卢喝雉

王洽小时候，看见父亲的门生在呼卢喝雉。他在看到有了胜负时，说了一声："南风不竞！"（南方的客人是输家）门生都认为他还小，就说："小郎君不过是管中窥豹，胡猜一通，不要理他。"不料，王洽一听，竟把眼珠一瞪，说道："你们这样赌博，真是远惭荀粲，近愧刘惔！"说罢，拂袖而去。

"呼卢喝雉"是指赌樗蒲（shū pú）。樗蒲历代赌法不同。大致是使用五枚骰（shǎi）子，用木、石、玉、象牙或骨等做成。骰子都分二面，一面涂黑，画犊；一面涂白，画雉。投子的人，五现皆黑，称作"卢"；四黑一白，称作"雉"。卢彩头最高，其次是雉，以此类推。赌樗蒲的人，往往高声呼叫"卢""雉"，以壮声势。所以这种赌博称为"呼卢喝雉"。

"南风不竞"是《左传·襄公十八年》中的故事。晋人听说楚师伐郑，便去请教乐师旷有无凶险。师旷说："没什么关系。刚才我先歌唱北方的歌曲，再歌唱南方的歌曲，结果南方的歌曲低沉而不雄壮，楚师必然无功。"

谢安不推主人

阮裕生活清简，息交绝游，诸贤难得见他一面。有一次，王羲之和谢安同去造访，到了门口，羲之就说："等一下我们应当共推一个主人。"谢安说："那不是正好跟自己过不去吗？"

王洽羞题太极殿

孝武帝时，新建的太极殿刚刚落成，谢安便派遣使者拿了一块版子请王洽题字。王洽很不高兴，当面对使者说："你不如把版子扔了！"

谢安听了，便亲自去找王洽，说："请你题字，挂在殿上，有什么不好？从前魏朝的时候，大臣韦诞不也曾亲自登上凌云阁题字吗？"王洽答道："韦诞登凌云阁题字的时候，他年纪已老，须发皆白，只剩一口气。魏朝用大臣来题字，国祚所以不长。"谢安大笑，引为知言。

王恭量力而退

王恭想请江彪做他的秘书。有一天早上，他亲自去造访江彪。江彪还在帐中高卧不起。

宾主坐定以后，王恭一时不便说明来意，只是东拉西扯，过了好久才婉转出言试探。江彪听了王恭的来意，也不置可否。只是叫人拿酒来，自斟自饮。王恭笑说："喝酒哪能自己喝！"江彪说："你也要喝酒吗？"便递给他一盅。

王恭喝完酒以后，心中有数，便借机下台走了。刚到门口，就听到江彪说："人要自量也并不容易啊！"

忠孝不可假借

王恭和王爽是两兄弟。王爽为人忠孝正直。

孝武帝问王爽："你比你的哥哥怎么样？"王爽答道："风流秀出，我自不及。若说'忠孝'二字，则又岂可随便假借！"

何谓"小子"

王爽和太傅司马道子一起饮酒，道子大醉，连呼王爽为"小子"。王爽答道："亡祖与简文帝是布衣之交，亡姑亡姊是二宫皇后，何谓小子？"

"亡祖"指王濛。"亡姑"指王穆之，是哀帝皇后。"亡姊"指王法惠，是孝武帝皇后。

雅量第六

顾雍豁情散哀

豫章太守顾劭是顾雍的儿子。顾劭死在郡上的时候，顾雍正在家中和僚属下围棋。外面通报说有信使到，可其中并没有他儿子的信件。顾雍心中已经明白是怎么一回事。虽然他脸色不变，手指却掐入掌心，血都沾染了衣襟。

不久，宾客逐渐散去，顾雍才叹息道："我不如延陵季子通达，已感惭愧。如今岂可再有丧明（失明）之罪，让人苛责！"于是豁情散哀，把生死归之于自然。

"延陵季子"的故事，见《礼记·檀弓》篇。延陵季子有一次到齐国去，回来的时候，他的长子已经死了。于是，他把长子下葬在嬴、博之间。孔子听说延陵季子是吴中通晓古礼的君子，便亲自南下前往观礼。葬礼结束以后，延陵季子叹道："骨肉既复归于尘土，这是命啊！至于灵魂，则无所不在。"（季子即季札）

"丧明之责"的故事，也见于《礼记·檀弓》篇。子夏死了儿子，日夜痛哭，终于眼睛哭坏失明了。曾子前往吊丧，子夏哭，曾子也哭。子夏说："天啊！我有什么罪过呢？"曾子骂道："你怎么没有罪过！你丧失了儿子，又丧失了眼睛！"子夏听了才跪在地上，连说："我错了！我错了！"

嵇康不传《广陵散》

嵇康博雅高迈，轻时傲世，终于得罪权贵，被杀于洛阳东市。

嵇康临刑之前，神色不变，只是对家人说："我的琴带来没有？"家人把琴交给他，嵇康便弹了一曲《广陵散》。弹完以后，嵇康叹息着说："从前袁孝尼想跟我学《广陵散》，我深自爱惜而没有教他，现在《广陵散》是注定要失传了。"

由于嵇康被收捕，并没有很确实的罪名，所以当时的三千太学生联名上书，请朝廷赦免他并聘请他到太学授课，朝廷不许。

嵇康被杀不久，晋文王也颇觉后悔。

"东市"本是市场，但人口密集，所以亦用作"刑场"，借此地"杀人示众"。

"广陵散"故事，见《灵异志》。嵇康有一次在洛阳郊外的华阳亭投宿，亭中空无一人。到了半夜，嵇康便在亭中操琴，忽然听到有人赞美说："太好了。"嵇康说："你是谁？何不到亭中来聊聊？"那人却叹息道："我不便现身，因为我死在此地已经很多年了。今晚是听到你的琴声，才出来看看。"过了一会儿，那人说："你的琴能不能借我？"嵇康便把琴递出去。那人东弹西弹，初不见有何高明，忽然弹了一曲《广陵散》，曲调优美绝伦。嵇康大喜，便在亭中学了大半夜。那人临走时说道："不可传给别人。"于是《广陵散》成为嵇康的绝艺。

王戎不摘路边李

王戎七岁的时候，和小朋友在路边玩。小朋友发现路边的李树上结了很多李子，便纷纷爬到树上去摘，只有王戎站在树下看人家摘李子。有人问王戎："你为什么不上去摘呢？"王戎说："这李树长在路边而没有人摘李子，想来那李子必定是苦的。"果然，小朋友一咬李子，都吐在地上说："好苦！"

王戎不惧虎吼

魏明帝叫人把老虎的爪牙拔掉，放在洛阳城宣武教场的栏杆内，让百姓参观。王戎那时只有七岁，也夹在人群中看老虎。

忽然之间，老虎大吼一声，爬上栏杆。参观的人无不吓得大叫一声，跌跌撞撞地碰在一起。只有王戎站在原地，一动也不动。魏明帝在楼阁望见便派人问是谁家的小孩，心中诧异不已。

裴遐不计较私斗

裴遐在周馥家和人下棋，周馥就替他们斟酒。裴遐棋兴正浓，经常忘了喝酒。周馥便出其不意，把裴遐从床榻上拖到地下。裴遐却一点也不生气，爬回榻上以后，照样下棋如故。

有一天，王衍碰到裴遐，便问："当时你怎么一点儿都不生气？"裴遐说："那只是斗变而已。"

"斗变"就是"私斗"，这里是指"闹着玩"的意思。"斗变"的故事，见《汉书·尹翁归传》。

庾敳酒醉吐真言

刘舆在太傅司马越府中做长史，时常设计害人。唯有庾敳淡泊明志，一向与人无忤，因此没有把柄落在他的手上。

后来，庾敳因为生活俭朴，家道渐渐富裕。刘舆就劝太傅说：

"你不妨向他调取千万，只要他吝啬不给，我们就有机可乘。"于是，太傅便故意在大庭广众之下，向庾敳要钱。庾敳那时刚好已喝得大醉，头巾都掉在桌子上，正低头去取头巾。听了太傅的要求，他便睁着醉眼慢慢答道："下官家中应当还存有两娑（三）千万，请随时来取好了！"太傅和刘舆想不到庾敳居然这么坦率大方，一时无计可施，只好作罢。

过了几天，有人向庾敳透露刘舆的奸计，庾敳叹道："那真是以小人之心，度君子之腹了！"

王衍的白眼珠儿

王衍和裴邈二人喜好不同，王衍颇重声望。裴邈私下认为自己不如王衍，于是常常想取代王衍，但是，一时之间又拿不出什么好办法。

不久，裴邈心生一计，便故意去找王衍，在他家中当面破口大骂，把王衍骂得一头雾水。裴邈一边骂，一边暗暗希望王衍回骂。因为这样一来，世人便会认为：王衍和他不过是半斤八两的半吊子而已。可是，不管裴邈怎么大骂，王衍都只是不动声色。直到裴邈骂累了，王衍才一个字一个字地说："我的白眼珠儿又浮起来偷看人了！"

王导胸怀洒落

庾亮镇守荆州的时候，建康城中有消息说："庾公有东下石头城之意。"于是有人请王丞相暗中戒严，以备不测。对此，王导说："庾公与我虽然都是本朝大臣，但原来都爱好布衣闲居，不愿做官。现在庾公如果真的要来的话，那我宁可立刻头戴角巾，回乌衣巷隐居。京师又何必戒严呢！"

"乌衣巷"在建康城南，长干寺之北。南渡初期，琅邪王氏住在此地。

"洒落"是指光明洒脱的意思。

阮孚好木屐

祖约好财物，阮孚好木屐，两人常年都在收藏。其实喜好财物，或喜好木屐，同样都是一种累赘，但这两人之间，一时高下未判。

有个人去拜访祖约，刚好碰见祖约正在计算财物。当客人进入门口的时候，他还来不及收拾净尽，剩下两个小筐筐放在背后。因为觉得被客人看见很不好意思，所以他便斜着身子遮掩，脸色不大高兴。

另外一个人去拜访阮孚，看见阮孚正拿着木屐在上蜡，他一边上蜡，一边叹息说："我有这么多好木屐，不知道一生能穿多少双？"脸上气定神闲，一无牵挂。

从此以后，祖、阮高下立判。

王丞相有床难眠

许璪（zǎo）、顾和二人，曾在王丞相手下做事，很受器重。因此，每次游宴集会，他们都和丞相在一起。

有一天晚上，他们在王丞相家下棋，二人都非常尽兴。夜深以后，王丞相便叫他俩到自己帐中睡觉。顾和上了床翻来覆去，老是睡不着。许璪却是一上床就鼾声大作。王丞相看了看，笑着对宾客说："今天晚上，这张床很难是睡好觉的地方了。"

王羲之东床袒腹

太尉郗（chī）鉴在京口的时候，派遣门生送信给丞相王导，说要在琅邪诸王子弟中，挑选一个女婿。王丞相说："你到东厢去随意挑一挑吧！"

门生回去以后，向郗鉴报告说："王家的少年郎，听说我来挑女婿，个个都表现得很矜持。只有一个少年郎，躺在东边的床上，露出肚子，自顾自地吃东西，根本不当一回事儿。"郗鉴听了很高兴，说："这个正好。"一打听才知道，那个把这个不当一回事儿的便是王羲之。于是，郗鉴就把女儿嫁给了羲之。

羊曼真率

晋室刚渡江的时候，拜官的人都在家中供设餐点，款待客人。

羊曼拜丹阳尹，家中供设餐点。早来的客人，便挑些精致的吃，晚到的客人就只好将就些了。客人不问贵贱，时间不论早晚，一切悉听自便。

羊固拜临海太守，家中整天都供设华美的餐点，而且随时添加，所以客人无论早来晚到，都能得到丰盛的款待。

当时名贤评论二羊的高下，便说："羊固的丰华，不如羊曼的真率。"

周顗聊以解嘲

周顗和周嵩是两兄弟。周嵩性子狷直豪爽，常以才气凌人。

有一次，周嵩喝醉了酒，瞪着眼睛大骂周顗："你算什么东西，你比我差远了。真是浪得虚名！"周颙不应。

过了一会儿，周嵩又拿起蜡烛火向周颙掷过来，周颙立刻闪在一边，笑道："阿奴用火攻，真是下策啊！"

"阿奴"是六朝时人亲昵的称呼。

顾和搏虱子

顾和刚刚在扬州做官的时候，有一次停车在州门外。

周颙要去找王丞相，路过顾和的车边。顾和却只顾着抓虱子，一动也不动。周颙觉得奇怪，便去而复返，指着顾和的头说："这里面到底是些什么东西呀！"顾和只是抓虱子，过了好一会儿，才看了周颙一眼，一个字一个字地说道："这里面的东西呀最是难测！"

周颙见了王丞相以后，很高兴地说道："有一个扬州小吏，有令仆（宰相）之才！"

"令仆之才"指尚书令和仆射之才，二者同为宰相。顾和后来果然官拜尚书令。

庾亮左右开弓

庾亮和苏峻作战,大败,带着左右十多人乘坐一条小船逃亡。

沿途乱兵不时上来攻击。庾亮左右开弓射贼,一不小心,误中舵手,舵手应弦而倒。众人大惊,便纷纷想下船逃亡。庾亮却安坐不动,只是慢慢地说道:"像他这样的身手哪可杀贼!"大家一听,便又安静下来。

庾翼马失前蹄

有一次,征西将军庾翼外出归来,盛陈仪卫。他的岳母在安陵城楼上看见了,便对女儿说:"听说庾郎骑术很好,我却从来没有见过。"妇人就叫人告诉庾翼。庾翼在路上听说岳母要看他骑马,便叫仪仗向两边排开,让他在中间盘马。可刚刚打了两转,就从马背上栽了下来。楼上母女大叫,庾翼却毫不在乎,意气自如。

谢安泛海吟啸

谢安和孙绰诸人,一同泛海出游。

忽然之间，风浪大了起来，船上诸人无不变色。只有谢安游兴正浓，在船上吟啸不已。划船的人见谢公貌闲意悦，便催船往前冲去。这时风浪愈来愈急，船上诸人开始坐不住了，纷纷站起来大叫。谢安说道："你们再这样骚动，只怕这条船就要回不去了。"众人一听，才立刻回座。

这时大家见了谢安的雅量，无不信服他一定能够安定朝野。

谢安作洛生咏

桓温在新亭设宴，并埋伏甲兵想杀谢安、王坦之。

王坦之非常着急，问谢安："到时候怎么办？"谢安神色不变，对王坦之说："朝廷存亡，在此一行。我们走吧！"

到了新亭，王坦之越来越害怕，谢安则越来越镇定。谢、王二人到席前坐定以后，谢安便以他浊重的鼻音，模仿洛下书生的歌唱，唱了一首"浩浩洪流，带我邦畿（jī）"。桓温一听，豪情大发，便大喝一声"退下！"于是一场干戈，消弭于无形。

谢万不介意

支道林离开京师的时候，时贤都会集在征虏亭送行。

蔡系早到，坐在林公身边。谢万晚到，坐离林公远一点儿的地方。一会儿，蔡系有事，暂时离座。谢万借机占了蔡系的位置。蔡系回来一看，就把谢万推在地上，谢万头巾散落，狼狈不堪。

谢万站起来以后，慢慢整理衣冠，回到原来的位置落座。对蔡系说道："你也忒奇怪，几乎坏了我的面子。"蔡系却回答说："我本来就没想到你有什么面子。"然后，二人都不再介意。

释道安盛名之累

释道安是东晋一代高僧，郗嘉宾对他极为景仰。有一次，郗嘉宾送给释道安白米千斛，并亲自写了一封厚厚的书信，殷勤寄意。释道安的回信来了，却只有简单的几个字："损米，愈觉有待之为烦。"意思是说：你送我这么多的米，愈使我感到盛名之累。

"有待"的故事，见《庄子·逍遥游》篇。列子乘风而游，十分洒脱。但列子虽不必用脚走路，仍然"有所待"——有所依赖。依赖什么呢？风。如果没有风，他还能乘风而游吗？

释道安修行般若，理应寂寂无闻才是。但道行高了，声名羁绊也来了。郗嘉宾就是景仰他的声名才送米给他的，所以释道安说这是盛名之累。

谢奉是奇人

谢奉做吏部尚书，因事被免官。他东还会稽老家时，在破冈遇到谢安。谢安想到二人即将分离，对谢奉有点儿不舍，便留在破冈两三天，想安慰谢奉，共话心事。但每次谢安提到失官之事，谢奉就把话题引开，所以二人虽在中途盘桓了几天，谢安却始终没有机会畅谈此事。

两人分手以后，谢安一直觉得心意未尽，胸中好像有块东西塞在里头。因此，只好对同行的人说道："谢奉实在是个奇人！"

戴逵谈论琴书

戴逵善于弹琴，文章清妙，常与高门名流往来。

谢安最初听到戴逵的名气时，不大看得起他。有一次，戴逵下山，谢安前去看他。二人见面，只是谈谈琴书而已。但后来，戴逵越谈越妙，谢安不觉悠然神往。自此以后，谢安才知道戴逵胸中自有丘壑和雅量。

谢安围棋如故

前秦苻坚率兵百万，想并吞江南，前锋距离广陵只有一百多里。这时整个京师，人心震骇。

但是谢安仍旧和人在别院下棋。忽然，前方有一通书信到来。谢安看了看书信，一句话也没说，仍旧继续下棋。旁边的人急得不得了，便问："前方的胜负，到底怎么样？"谢安答道："小孩子们已经把敌人赶跑了！"说话的时候，脸色动作和平常一样。

搔不到痒处

殷仲堪认识一个人，作赋是束皙（xī）一流，十分诙谐。

有一次，殷仲堪拿了他的一篇赋给王恭看，对王恭说："这篇新文章很有意思。"王恭接过来看的时候，殷仲堪就在旁边笑个不停。王恭看完以后，既不笑，也不叫好，只是把文章放在桌上，用玉如意敲了两下。殷仲堪一看，不觉怅然自失。

刘琨以胡笳退敌

有一次，刘琨在城中遭胡骑重重围困，一时窘迫无计。到了月亮初升时，刘琨便登上城楼，高声长啸，啸声十分凄凉，胡人开始心中有所触动。中夜以后，刘琨又叫人大吹胡笳。胡人思乡情切，不觉为之落泪。这样几个晚上，夜夜胡笳，胡人大感吃不消，最后只得弃城跑了。

识鉴第七

桥玄品鉴曹操

曹操少年时去见桥玄。桥玄善于品鉴人物，便说："你将来必是个乱世的英雄，治世的奸贼。现在天下大乱，恨只恨我已老了，看不到你富贵了。但是，我想把我的子孙托付给你。"

裴潜论刘备

曹操问裴潜："你曾经和刘备共住荆州，你认为刘备的才能怎样？"裴潜说："如果刘备住在中原，那么中国必然大乱。但是他如果占有边陲，便足为一方的霸主。"

傅嘏有知人之明

何晏、邓飏（yáng）、夏侯玄都想和傅嘏（gǔ）结交，傅嘏不肯，三人便请荀粲来说合。傅嘏说："夏侯玄志大量小，徒有虚名；何晏、邓飏心气浮躁，贵同恶异，而且贪利无厌。这三人，败坏人伦，避之犹恐不及，岂能为友？"

后来那三人果如傅嘏所言，都未得善终。

王衍推重山涛

晋武帝在宣武教场讲武，一心想要偃武修文，拆除武备。山涛听了，不以为然，便讲述了一番孙吴用兵的本意："谋国者必不可忘战。"武帝很同意但不能采用。后来，晋室诸王见朝廷武备废弛，便心怀不轨。这时王衍叹道："山公虽然没学过孙吴兵法，但修道深远，所见自与孙吴暗合！"

何物老媪生宁馨儿

王衍从小就聪明秀丽，装扮齐整。

有一次，王衍来见山涛，临走的时候，山涛舍不得他走，一直看着他的背影，目送他离开。最后山涛怒道："真是混账！哪家的老太婆生下这样好的小孩！将来天下必然被他搞乱。"

王衍十四岁时，追随父亲到京师，羊祜（hù）一见，便对宾客说："此人将来必负盛名，可惜伤风败俗的也必然是他。"

"宁馨儿"是六朝俗语。宁馨是"如此"的意思。

石勒读《汉书》

石勒是胡人，骑术过人，但不识字，因此在军中空闲时，常叫人读书给他听。

有一次，他听人读《汉书》。那人读到楚汉相争，郦食其（lì yì jī）劝刘邦立六国后代，以分化项羽的时候，石勒便大为吃惊，把桌子一拍，说道："这下完了！刘季怎会得有天下！"一会儿，那人读到留侯（张良）入谏，痛骂郦食其，石勒才松了一口气，叹道："原来赖有此人！"

卫玠先天不足

卫玠（jiè）五岁的时候，已生得粉妆玉琢，可惜先天不足。

因此他的祖父有一次便叹息说："玠儿清秀异常，可惜我已老了！"

卫玠只有二十多岁便死了。

张翰见机而退

张翰在齐王冏（jiǒng）手下做事。有一年，秋风刚刚吹起来，张翰便想起了江南的菰菜、莼羹和鲈鱼脍。于是他便说："人生难得几回痛快，又何必在官场太伤脑筋呢！"于是辞了官就直奔江南。

不久，八王乱起，齐王冏终于失败。时人才知道张翰辞官，并不是真正为了家乡的菰菜、鲈鱼，乃是他有先见之明，借机急流勇退而已。

此人必为黑头公

诸葛恢避难过江，自号道明。他做临沂县令的时候，王导一见，便说："此人必为黑头公。"

"黑头公"指年轻的宰相，或说是青年才俊。

王玄志大其量

王澄和王玄素不相识。有一次王澄见了他，便说："此人器量狭窄，野心却太大，将来恐怕不得好死。"王玄后来果然在坞堡中遇害。

周嵩刚烈有远见

有一年冬至时，周顗的母亲，举杯向三个儿子（顗、嵩、谟）祝贺道："我本来以为到江南以后，恐怕难有立足之地，没想到你们兄弟会有今天的成就，这使我十分放心！"周嵩一听，立刻跪在地上痛哭道："我看不如阿母所说。阿兄志大才疏，见识不明，恐难以自保。孩儿生性刚愎，常和人家冲突，也难长久。只有阿奴（周谟小字）平平，将会留在阿母身边而已。"

王含自投死路

王敦造反败亡以后，其部下王含、王应父子商议共奔前程。王含想投奔荆州刺史王舒，王应想投奔江州刺史王彬。

王含说："江州刺史王彬，生前既敢抗衡大将军（王敦），今天你怎么敢投奔他呢？"王应说道："就是因为王彬敢抗大将军，今天我才敢投奔他呀！试想大将军强盛时，王彬硬是不从，这已非常人。今天大将军失败，王彬必然同情我们，我们前往投奔，正是时候。荆州刺史王舒一向懦弱不敢得罪大将军，今天临危前往投奔，其人心事难测！"

王含不听王应的话。父子二人遂投奔王舒。王舒不愿受大将军连累，便把王含父子沉入江底。其时，王彬已在江边备船等待王应，后来才知王应误投荆州，为之叹息不已。

褚衰鉴赏孟嘉

孟嘉酒量好，善于应对。早年在庾亮手下做事时，已经很出名。

庾亮问孟嘉："酒有什么好吃，为什么你那么喜欢酒？"孟嘉说："酒中自有趣味。"庾亮又问："听乐伎奏音乐，丝不如竹，竹不如肉是什么缘故？"孟嘉说："渐近自然。"庾亮十分称赏。

有一次，褚衰路过武昌，问庾亮："孟嘉在这里吗？"庾亮说："你自己找找看吧！"褚衰仔细寻找了一遍，指着孟嘉说："他和别人不同，大概是吧！"庾亮大笑点头。

"丝不如竹，竹不如肉"是说：琴弦不如箫管，箫管不如歌喉。

殷浩栖迟墓地

殷浩栖迟丹阳墓地将近十年，时人比作管、葛。有一次，王濛、谢尚、刘恢三人同去探望，殷浩坚决不出，在回程路上，王濛对谢尚说："殷浩不下山，天下苍生当奈何！"刘恢笑道："你们真相信他的鬼话吗？他哪能不下山！"

"栖迟"，是居留的意思。

桓温逢赌必胜

桓温议出兵伐西蜀，众人都不赞成。朝廷亦认为桓温出兵将无功而返。刘恢听了，微微笑道："桓温必克西蜀。你看他赌樗蒲，不下场便罢，每出手必赢。"

谢安东山再起

谢安隐居东山（浙江绍兴市上虞区内），蓄养家伎，每游山玩水，必有家伎相从。朝廷屡次请他下山，他总是推辞不就。简文帝道："安石必将东山再起。他既和人家同游乐，自必和人家同担忧。"

郗超先公后私

郗超与谢玄不和。苻坚带兵南下逼近京师时，朝议派谢玄领北府兵出征，许多人不同意。郗超说："我曾和谢玄共事桓温，谢玄善用人才，巨细无遗。如派他北征，当可奏功。"

谢玄克敌以后，时人无不赞叹郗超的见识和雅量。

韩伯积怨

韩伯与谢玄交情不好。谢玄北征后，街坊议论纷纷。韩伯便说道："不必担心。此人好名，必能一战。"谢玄在前方听了大怒，对人说："丈夫提兵在外，出生入死，为的是替君亲分忧，岂可说是好名！"

赏誉第八

邴原云中白鹤

邴原博学多闻，汉魏之际，天下大乱，他去到辽东避难，辽东太守公孙度对他极为礼遇。

后来，邴原想返回乡里，公孙度不让他走。邴原就设法把左右灌醉，中夜坐船离去。公孙度发觉以后，派人去追，已经晚了，便叹息说："邴原真是云中白鹤，不是我这捉燕雀的网子所能罗捕的啊！"

裴楷清通，王戎简要

裴楷和王戎二人小时候去拜访钟会，钟会极为称赏。他说："裴楷清通，王戎简要。将来如果出来做吏部尚书的话，天下人才必无幽滞。"

裴楷论四大名士

裴楷论夏侯玄："如入宗庙，令人起敬意。"论钟会："如入武库，剑戟森森。"论傅嘏："广大无所不有。"论山涛："如登山下望，幽然深远。"

王戎论山涛

王戎论山涛："像是一块浑金璞玉，人人都知是稀世之宝，却不知道叫作什么器物。"

阮咸万物不能移

山涛推举阮咸做吏部侍郎。他说："阮咸清真少欲，万物不能打动他的心。如果他占据选曹要地，分判人才的清浊，绝不作第二人想。"

王衍风尘外人

王戎论王衍："明秀若神，好比瑶池仙树，自然是风尘外人。"

裴颜清谈林薮

裴颜善于清谈，辞理丰蔚，所以当时的人说他是"清谈的林薮（sǒu）"。

山涛不读《老》《庄》

有人问王衍："山涛谈义理到底如何？有谁人可比？"王衍说："山公从来不以清谈自居，也不读《老》《庄》。可是我常听他歌咏，和《老》《庄》意旨并无不同。"

裴楷笼盖人上

王衍说："裴楷清明朗爽，真人上之人，不是凡品。如果我死后还能复活，我将与他同归。"

乐广要言不烦

王衍说:"乐广清谈,真是简要之至,使我每次一要开口,便自觉烦琐。"

庾琮服寒食散

庾琮甚为知名,后来服寒食散变成残疾。他的家住在建康城西,自号"城西公府",聊以解嘲。

寒食散就是五石散,用赤石脂、白石脂、紫石脂、钟乳石、硫磺,五石相配,以治劳伤诸症。魏晋名士则以服寒食散为风流。

五石散不宜热服,要冷服,故称"寒食"。食后要行走散热,叫作行药。余嘉锡有《寒食散考》。

王玄使人忘寒暑

庾亮少年时,为王玄所器重。庾亮渡江以后,回忆往事,倍觉亲切难忘,便叹息道:"和王玄论交,使人悠然不知寒暑。"

卫君谈道，平子三倒

王澄谈吐高傲，向来不肯低头，但是每听卫玠谈玄理，便拍案绝倒。前后三闻，为之三倒。时人笑说："卫君谈道，平子三倒。"

王澄，字平子。

王导夜话忘倦

王导招祖约夜话，通宵不眠。第二天早上，有客来访，王导来不及梳理头发，脸上略有倦意。客人问："昨夜失眠了吗？"王导说："昨天和祖约夜话忘了疲倦。"

来，来，这是你的座位

何充学识渊博，王导一见便用麈尾指着座位说："来，来，这是你的座位。"意谓何充将来必为宰相。

麈尾，指拂尘。

王述糊涂虫

王述性子耿介坦率，讨厌虚文。

有一次在王导家中坐。王导每次说话，四座无不附和赞美。王述看不过去，便道："主人不是圣人，诸君哪得事事附和！"王导大为叹赏，四座却认为他是"糊涂虫"。

刘绥灼然不群

刘绥风姿灼然，庾亮叹道："刘绥千人亦见，百人亦见。"意思是说刘绥十分特别，在千人群中，一望可见；百人群中，亦一望可见。

徐宁海岱清士

桓彝（yí）善于品鉴人物。有一次，庾亮请他代觅一个人才，桓彝找了一年才找到徐宁。

桓彝对庾公说："别人所应有的长处，徐宁虽未必有；但是人家所不应该有的短处，徐宁必然没有。所以我把他推荐给你。"

贾宁为诸侯上客

何充有一次送人东还，抬头望见贾宁在自己车后，便说："此人如不死，必为诸侯上宾。"贾宁先投王敦，后投苏峻，终以料事机先，脱身免害。

丰年玉和荒年谷

晋人称庾亮为"丰年玉"，称庾冰为"荒年谷"。意指庾亮之才，足可粉饰太平；庾冰之才，则可匡济时艰。

王述掇皮皆真

王述性子坦率，谢安说："把他的皮扒下来也都是真的。"

王敦可人儿

桓温和王敦心事相通。王敦死后，有一次桓温路过他的墓边，不觉叹息道："可人儿！可人儿！"

殷浩非以长胜人

王濛称赞殷浩说:"殷浩不只以他的长处胜过别人,就是他处理自己的短处,也胜过别人。"

刘惔胸中金玉满堂

王濛对支道林说:"刘惔胸中可谓金玉满堂。"林法师道:"既是金玉满堂,又为什么还要挑选?"王濛说:"不是要挑选,只是他说的话很少罢了!"

可人儿和五里雾

殷浩谈论精微,长于《老子》和《易经》。有一次,王濛、刘惔来和殷浩清谈。谈后,一起坐车归去。在途中,刘惔对王濛说:"殷浩真是可人儿!"王濛却说:"你坠入他的五里雾中了。"

王羲之论四名士

王羲之论谢万：“在山林湖沼中，独自显出虬劲。”叹赏支道林：“心器明净，神理俊逸。”论祖约：“风头皮骨，找不到第二个人。”论刘惔：“云中的一棵树，枝叶疏疏落落。”

王述真率遮短

简文帝叹赏王述说：“才既不高，对名利也不够淡泊，只是以少许的真率，便足以媲美别人诸般美德。”

江惇思怀旷达

江惇（dūn）是江彪的弟弟，博览典籍，儒道兼综。王濛叹道：“江惇思怀所通，不止儒域。”

谢鲲折齿

谢鲲游心旷达，不拘形迹。有一次，他看见一女子在织布，姿貌俏丽，便去挑逗她。那女子大怒，把木梭投过来，打断了他的两颗门牙。旁人传为笑谈，谢鲲却傲然说道："不妨我啸歌。"一路上长啸不已。

谢安说："谢鲲这个人如果遇上竹林七贤，自必把臂入林。"

谢安梳发清谈

谢安早年优游山水，不乐出仕。后来桓温镇荆州，听到谢安的大名，便请他到荆州做事。

有一次，桓温亲自去找谢安清谈，谢安正在梳头。谢安性子迟缓，桓公也不催促，便道："你慢慢梳吧。"说着坐了下来，和谢安谈到天黑才离去。

桓温走后，对左右说道："你们见过这样的人吗？"言下颇为得意。

门中久不见如此人

桓温在姑孰病了，谢安前去探望。谢安从东门进来，桓温远远看见，便叹息说："我门中久不见这样的人了！"

赏异不赏同

孙绰做庾亮参军的时候，同游白石山，刚好卫永也来了。

孙绰一看卫永，便私下对庾公说："那人的神情一点儿都不关注山水，难道他也会写文章吗？"庾亮说："卫君的风韵，虽然不及你们，但他的可爱之处，也还不俗啊！"孙绰一听有道理，便反复领略这句话。

自知最难

王濛和刘惔齐名，两人相知甚深。有一次，王濛叹息说："刘惔对我的了解，比我了解自己还深。"

王、何衣钵传人

王濛和刘惔在找支道林。二人追到祇（qí）洹寺，才发现林法师正据高座，挥麈讲道。王、刘向座下一望，只见黑压压的一片，约有一百多人，无不注耳倾听。王濛微微一笑，对刘惔说："这家伙实在不是好惹的东西！"过了一会儿，王濛听林法师讲道，悠然神往，不觉又叹息道："此人自是王、何衣钵传人！"

"王、何"指王弼、何晏。二人兼综儒、道，驰才逞逸，是魏晋清谈的领袖。

刘恢、简文帝是《琴赋》中人

嵇康作《琴赋》，有所谓"非至精者，不能与之析理"，"非渊静者，不能与之闲止。"许珣看了《琴赋》以后，说道："前一句，可指刘恢；后一句，可指简文。"

王洽供养法汰

释道安见北土大乱，难布法事，便派竺法汰去扬州周旋。

竺法汰到扬州后声名未著，王洽便设法供养他。每次出游各地名胜，必邀法汰同行。如果法汰不在，王洽就宁可停车不出门。

王洽所到之处，名流会集。因此过了不久，法汰便声名大噪。

王坦之不使人想念

谢安辅政以后，崇修园馆，讲究车马服饰，后来在大丧时期，仍然要家妓奏乐来排遣。王坦之看不过去，屡次劝谢公，谢公不听。

有一次，谢安对人说："王坦之这个人，见了面并不使人讨厌；但是他出门以后，也不使人怀念。"

何充酒中智者

何充是酒中智者，不但酒量好，尤善领酒中趣味。刘惔说："每见何充喝酒，就想把家中好酒通通搬出来。"

一个人喝酒喝到这种境界，自然是最善于喝酒的人了。

王濛可圈可点

谢安说："王濛话不多，但往往可圈可点。"

江灌不言而胜人

清谈名家刘惔，话说多了，便也慢慢地欣赏一些不说话的人。

刘惔见江灌不常说话，便加以观察，然后说道："江灌不会说话，而能够不说话，这很使我佩服。"

刘惔醉后不胡言

简文帝说:"刘惔醉后也不会胡说,不愧是清谈名家。"

王胡之神悟

支道林说:"王胡之颖悟过人,每次遇见他,便引人谈个不停,不到精疲力竭,不想回去。"

天地无知

谢安非常推崇邓攸,对他的遭遇很是同情,常说:"天地无知,遂使伯道无儿。"时人亦多为之伤惜。

邓攸,字伯道。他在"永嘉之乱"的一次逃亡中,为了拯救亡弟之子,忍痛遗弃自己的儿子。过江以后,终身无子。

王凝之好酒

王凝之一向为人萧索寡合，只有遇到酒，才酣畅痛饮，忘情忘己。他的弟弟王献之写信跟他说："阿兄与酒自是衿契。"意思是说凝之既与人少合，只得以酒为友了。

王忱自是三月柳

王恭和王忱交情很好，只因误信袁间流言，便相疏远。但王忱很可爱，所以王恭不与他往来之后，每有盛事，总是会想到他。

有一天早上，王恭独自散步到京口射堂前，见梧桐新发，枝丫挂露，不觉叹道："王大自是三月柳，令人相思！"

品藻第九

蔡邕定陈蕃、李膺高下

汝南陈蕃、颍川李膺二人，都是东汉一代名士。

有一次陈蕃、李膺共论功德，不能定高下。蔡邕（yōng）便替他们裁断。他说："陈蕃敢于冒犯人主，李膺严于统摄部下。冒犯人主难，统摄部下易。"所以，陈蕃就被排名在三君之下，李膺则挂名在八俊之上。

所谓"三君""八俊"，是指东汉"党锢之祸"发生以后，天下名士共相标榜的名号。窦武、刘淑、陈蕃三人被称为"三君"。君是指一世所宗。李膺、荀昱、杜密、王畅、刘祐、魏朗、赵典、朱寓（yù）为"八俊"。俊是指人中之英。

驽马和驽牛

庞统到江南，吴人多闻其名。庞统见到陆绩、顾邵，说道："陆子是所谓的驽马，顾子则是所谓的驽牛。"有人便问："先生的意思是陆胜顾吗？"庞统笑道："驽马虽快，只能负载一人；驽牛一天虽然只走百里，但所负载岂止一人！"吴人不能反诘。

庞统与顾劭的优劣

顾劭曾和庞统夜话，顾劭问："听说你善于品鉴人物，你我相比如何？"庞统说："陶冶世俗，随时应变，我不及你。但是，如果论王霸策略，观察祸福要害，我也略有一点儿长处。"顾劭为之叹服。

诸葛三名士

诸葛瑾之弟诸葛亮和堂弟诸葛诞，三人并负盛名，而各在一国。当时人的评论认为："蜀得其龙，吴得其虎，魏得其狗。"

诸葛诞替曹魏拔举人才，公而无私，与夏侯玄齐名。

诸葛瑾在吴，雅量过人。孙权派他使蜀，他只和诸葛亮在公堂相见，退无私交。

"龙、虎、狗"之称，只是表示他们的排行次序，不是轻蔑的意思。

《尔雅·释畜》："犬未成豪曰狗。"所以小虎、小熊也称"狗"。见《世说》刘盼遂笺注。

王敦挥扇不停

王敦在洛阳时，素忌惮周顗。每次见到周顗便觉面热，虽是腊月，也是挥扇不停。渡江以后，周顗在石头城，王敦镇荆州。二人很难见一面。王敦叹息道："不知现在是我进，还是周顗退？"

谢鲲一丘一壑

明帝问谢鲲："你自比庾亮如何？"谢鲲说："在庙堂领导百官，我不及庾亮。但是栖于一丘，钓于一壑，他不及我。"

"一丘一壑"是容成子的故事。黄帝有一次要去昆吾之丘，中途遇见容成子，便问他要去哪里，容成子说："我将栖于一丘，

钓于一壑。"意思是说将去隐居山泽。(见《太平御览·苻子》)

谢尚妖冶

宋祎（huī）曾做过王敦的妾，后来嫁给镇西将军谢尚。

谢尚问宋祎："我比王敦如何？"宋祎答说："王敦和将军相比，一个是田舍，一个是贵人。"谢尚姿态妖冶，一副贵族子弟妆饰，所以宋祎喜欢他。

宋祎是绿珠的弟子，姿容秀丽，善于吹笛，曾是石崇金石园中的婢女，后入宫，赐给阮孚，又归王敦，再归谢尚。

郗鉴有三个矛盾

卞壶说："郗鉴身上有三件事相矛盾。事上方正，却喜欢部下谄媚自己，这是第一件矛盾；修身清贞，对别人则大事计较，这是第二件矛盾；自己喜欢读书，却讨厌人家读书，这是第三件矛盾。"

第二流中的高手

世人评论温峤，说他是"渡江名士中第二流之佼佼者"。温峤为之耿耿于怀。每次听人评论人物，当第一流快要谈完的时候，温峤总是脸色很难看。

布衣宰相可恨

何充做宰相时，人家讥笑他所任用的人太过庸杂。阮裕听了，慨然说道："何充自不至如此，但是他以布衣之身居宰相之位，未免太可恨！这样的话，我辈将在何处讨生活！"

魏晋时期，世族与寒门的界限很严。所以阮裕才会这样咬牙切齿。

阮裕兼四大名士之美

当时人称道阮裕："骨气不如王羲之，简秀不如刘惔，温润不如王濛，思理细致不如殷浩，但兼有四人之美。"

我与我周旋

桓温年少时，和殷浩齐名，常有竞争之心。

有一次，桓温问殷浩："你我相比如何？"殷浩说："我和我自己周旋多年，我还是宁愿做我。"

我们都是第一流

桓温到京师来，问刘惔："听说最近会稽王清谈极有进步，真的是这样吗？"刘惔说："不管他怎样进步，都是第二流而已。"桓温说："那么谁是第一流？"刘惔说："我们都是第一流。"

殷浩捡竹马

简文帝辅政时，引殷浩做扬州刺史，以对抗荆州刺史桓温，桓温根本就不把殷浩放在眼里。殷浩兵败被废以后，桓温对左右说："小时候，殷浩和我一起骑竹马，每次我一丢掉，他就去捡起来。这样的人，哪能比我强！"

宁为管仲

王珣问桓玄："商纣无道，把箕子留下来做奴隶，比干苦谏而被杀。这二人用心相同，但做法不同。不知道你认为谁对谁错？"桓玄说："这二人都被称为仁人君子，但我宁可做管仲，不做箕子，也不做比干。"

刘惔理胜，王濛辞胜

刘惔到王濛家清谈，那时王脩才十三岁，靠在床边听。

刘惔走后，王脩问："阿爹，你们谈得怎样？"王濛说："辞色优美，声调好听，他不及我。但是，话一出口，便命中要害，我又不如他。"

桓温不喜人学舌

有人问桓温："谢安和王坦之二人优劣如何？"桓温正想说，忽又住口不语。过了一会儿才说："你这人喜欢学舌，我不能告诉你。"

死活人和活死人

庾冰说："廉颇、蔺相如虽然死了千年以上，但凛凛有生气。曹蜍（chú）、李志虽然活在现代，却奄奄一息如死人。假使人人都如曹、李一般鲁钝，天下虽可结绳而治，但到头来恐怕都被狐狸吃光了！"

嵇公要勤着脚

郗鉴问谢安："支道林法师清谈，比起嵇康如何？"谢公笑道："那嵇康要赶紧加快脚步，才能逃得掉。"又问："殷浩比林法师怎样？"谢公说："殷浩滔滔不绝，林法师很难有开口的机会；但林法师一开口，神机妙悟，殷浩便难以招架。"

谢安人情难却

谢安受庾亮提拔才下山，后来王献之问他："林法师比庾公如何？"谢安很不愿回答，过了一会儿才道："前贤完全没有评论过，我想庾公自是压倒林公吧！"

吉人之辞寡

王徽之兄弟三人找谢安聊天。王徽之、王操之多谈俗事，王献之则只寒暄一下而已。三人离去后，客人问谢公："刚才三兄弟如何？"谢公说："小的最好。"客人说："怎么知道？"谢公说："吉人之辞寡，躁人之辞多。"

外人哪得知

谢安问王献之："你的书法比起令尊如何？"王献之说："我们父子的书法本来就不相同。"谢公说："外人的评论可绝不是这样啊！"王说："外人哪里知道！"

王献之是大书法家王羲之的儿子。献之善于隶书，字画秀媚，妙绝时人。

相如潇洒

王徽之、王献之兄弟共读嵇康的《高士传》。王献之特别欣赏"井丹高洁"的故事，王徽之却说不如"相如慢世"的好。

166

井丹博学高论，披褐遨游。当时宦官在朝廷气焰凌人，对井丹却礼遇有加，任其去来。

司马相如文才高妙，见富人卓王孙的女儿文君新寡，便以琴音挑逗她。文君便与相如私奔。卓王孙大怒，不肯资助他们结婚，相如便在临邛开了一家小酒店，文君当垆，相如穿着犊鼻裤洗涤碗碟，潇洒不拘。

相如慢世，"慢世"指洒脱不拘。

犊鼻裤，是一种短裤，原是贱者之服。魏晋名士夏日喜穿犊鼻裤，表示洒脱。

韩伯门庭萧寂

有人问袁恪之："殷仲堪比韩伯如何？"袁答道："对于义理的领略，二人不分高下。但韩伯门庭萧索，寂无车马迹，居然还是不减名士风流，这点殷仲堪不及韩伯。"

后来，殷仲堪作韩伯诔文说，"荆门昼掩，门庭晏然"，也是深自感愧。

王桢之胸有成竹

桓玄做太尉，大会朝臣。众人刚刚落座，桓玄便问王桢之："我比你家七叔如何？"

王桢之是王徽之的儿子，他的七叔便是王献之。桓玄这样突兀一问，众人无不屏息，暗暗为桢之捏一把冷汗。王桢之却徐徐答道："家叔乃是一时之标，公是千载之英，岂能相比！"四座为之欣然。

楂梨橘柚，各有其美

桓玄问刘瑾："我比谢安如何？"刘瑾答说："你是高峻，谢安深沉。"又问："比贤舅子敬（王献之）如何？"刘瑾说："楂（zhà）梨橘柚，味道不同，但都可口。"

"楂梨橘柚"是《庄子·天运》里的典故。楂子即山楂，一种又酸又甜的果子。

伊窟窟成就

王坦之雅贵有识量，有人把他比作谢玄。谢玄听了，说道："伊窟窟成就。"意思是说他的成就十分突出。

竹林无优劣

谢遏诸人，共同讨论竹林七贤的高下。谢安知道了，便说："前辈全不褒贬七贤。"意思是：你们不要信口雌黄。

规箴第十

东方朔妙计

汉武帝的乳母，有一次犯了罪，武帝想治她。乳母便赶紧向东方朔求救。东方朔说："这件事不可使用口舌来解决。如果要寄望于万一的话，待会儿圣上找你去问话，在你要离开的时候，你不妨频频回顾，但须切记：绝对不要说话。"

乳母去见武帝，东方朔正站在旁边。他故意对乳母说道："你真糊涂！圣上哪能记得小时候你给他吃奶的事呢！"武帝一听，顿觉不忍，当下便赦免了乳母。

京房以古喻今

京房是研究《易经》的大学者。

有一次，他和汉元帝讨论往事，问元帝："周幽王、周厉王为什么会灭亡？他们任用的是些什么人呢？”元帝说：“他们任用的人不忠。”京房说：“既知不忠，又为什么要任用他呢？”元帝说：“亡国之君，都自以为所任用的都是贤人，哪里会知道他们不忠？”京房一听，立刻走上前来向元帝叩头，说：“我唯恐后人看我们现在，也像今天我们看古人一样啊！”

陈元方大丧蒙锦被

陈元方遭遇大丧，哀毁骨立。他的母亲在他睡觉的时候，偷偷地给他盖上锦被。

这时候，郭泰刚好前来吊丧。郭泰一见，便说：“你们陈家负四海众望，一言一行，都有人在注意，为什么今天遭遇大丧还盖上锦被？孔子说过：‘衣锦食稻，于汝安乎！’”说罢，拂袖而去。

自此以后有一百多天，陈家没有宾客上门。

陆凯面折孙皓

孙皓问丞相陆凯：“你们宗族在朝廷做官的共有多少人？”陆凯回答：“二相、五侯、将军，共十多人。”孙皓说：“那真是繁盛的家族。”陆凯答道：“君贤臣忠，那么国家就会富强；父慈子孝，那么家族就会繁盛。当今政荒民穷，岌岌可危，岂敢说是繁盛！"

陆凯耿介有大臣之风，因其宗族强大，孙皓拿他无可奈何。

管辂卜卦知机

何晏、邓飏请管辂（lù）卜卦，看他们是否能位列三公。管辂看了卦象以后，便引古为喻，劝他们要谨慎小心。邓飏一听，便不耐烦了，说："这不过是老生常谈。"何晏却说："预知先机，迹近神明，古人以为难；交浅而言深，引喻以为戒，今人以为难。管君能尽古今之难，岂可说是老生常谈！"

卫瓘装醉吐真言

晋惠帝还是太子时，朝廷上下都知道太子痴愚，不能承继大统，但一时难以向武帝明言。

有一次，武帝在陵云台上和卫瓘（guàn）一起喝酒。卫瓘便装醉跪在地上，欲言又止。武帝说："你有什么话要说吗？"卫瓘便又用手摸着床（暗指御座），说道："可惜！可惜！"武帝一看，终于明白了过来，就故意大声说道："你是真喝醉了吧！"

王衍秀才遇兵

王衍的妻子郭氏，笨拙暴躁，对金钱贪得无厌，常常非法图利。王衍一时拿她无可奈何。

后来，王衍听说京都大侠李阳是太原人，郭氏也是太原人，而郭氏很怕李阳。王衍便对妻子说："你要再这样下去，不但我不答应，李阳也不会答应。"郭氏一听，才赶快收敛起来。

拿开阿堵物

王衍好尚玄远，对于自己妻子的贪财好利，十分瞧不起。因此，在平时生活中，他绝口不提"钱"字。

他的妻子看在眼里，很不服气。有一天晚上，王衍睡觉以后，她就叫婢女把钱一串一串地绕满整个床边，使王衍下不了床。

第二天，王衍起床一看，见床的四周都布满了钱，心中已知是怎么一回事，便对婢女说："举阿堵物却！"意思是说："把这些东西拿开。"仍然不提"钱"字。

阿堵（děi），是魏晋俚语。

王澄跳窗逃走

王澄是王衍的弟弟。他十四五岁时，见嫂子郭氏对金钱贪得无厌，还叫婢女在路上挑粪，心中很生气，便用种种理由出来劝阻。

郭氏一听，勃然大怒，说道："你妈临死的时候，是把你交给我，不是把我交给你！"说着，就去拉王澄的衣襟，准备揍他。王澄力气大，用力一挣，便跳窗跑了。

元帝断酒

晋元帝渡江以后，仍然贪酌杯中物。王导常流泪苦劝，元帝最后才答应不喝。于是叫人斟酒一杯，元帝呷了一口便把杯子扣在地上，从此遂断酒。

张闿私做都门

晋元帝时，张闿（kǎi）做法官，为了对付群小，便在自己所住的市坊墙上，私做一大门，以便随时出入。当时坊市自有公门，不得任意做私门出入。

群小见张闿私做大门，早闭晚开，大为愤怒，便向州府控诉。

州府不理，群小又去挝登闻鼓喊冤，朝廷还是不受理。

有一天，太常贺循出门来到破冈，群小联名上诉。贺循说："我只是朝廷礼官，不管此事。"群小素知贺循方正，便又连连叩头说："太常若不受理，就再也没地方投诉了。"贺循不答，只叫他们暂时先离去。

张闿听说群小向贺循控诉自己，心知依贺循的脾气必然会过问。于是张闿叫人把私门毁了，并亲自到方山附近去迎接贺循。贺循说："有一件事想和你私下谈谈。这事与我没有什么关系，只是看在你我情面上，我颇感惋惜。"张闿一听便谢罪道："多蒙教诲，该门早已毁去。"

"登闻鼓"悬于朝堂门外，百姓如有谏议，或冤抑，可以击鼓上闻，称为登闻鼓。

"太常"是礼官，掌宗庙礼仪，不过问政事。

庾翼想做汉高祖

庾翼镇荆州，据上流、拥强兵，便有野心。有一次，他私会群僚，问："我想做汉高、魏武，你们认为怎样？"一时座上无人敢回答。这时，江虨在座，便站起来说："望明公做齐桓、晋文之事，莫做汉高（刘邦）、魏武（曹操）。"

桓温察察为政

桓温镇荆州时，谢尚在江夏。桓温派罗君章前往江夏考察。

罗君章到江夏后，完全不过问政事，只到谢家去盘桓饮酒，过了几天就回来了。

桓温问："江夏的事怎么样了？"罗君章说："不知明公认为谢尚这个人怎么样？"桓温说："谢尚自是胜我多些！"罗君章说："那很好。所以我到江夏什么都没问。"桓温大为称奇。

莫倾人栋梁

王导、郗鉴、庾亮相继谢世以后，朝野忧惧。后来因为陆玩有德望，便拜他做宰相。

陆玩为相后大会宾客时说："朝廷任用我为宰相，这是证明天下无人了！"这时有一个宾客拿起一杯酒，洒在梁柱上，祝告说："柱子啊！不要倒了人家的栋梁啊！"陆玩大笑说："多谢你的好意！"

交情不终

王羲之和王脩、许询相知。王、许二人死后，羲之对亡友的论议却越来越苛刻。孔严听了便对羲之说："从前你们三人在一起的时候，情好日密。现在王、许不幸早逝，你便对他们这样批评。交情不终，令人遗憾。"羲之听了大为惭愧。

逃亡不忘玉镫

谢安很爱谢万，但心知谢万将来必败。

有一次，谢万北征，在寿春大败。在他要逃亡的时候，还到处寻找他那玉做的马镫（dèng）。谢安当时随行在军中，见了谢万那副狼狈样，只轻轻地说："现在还急需这个东西吗？"关切之情，溢于言外。

兄弟英才

王珣、王珉是两兄弟，二人并为俊才，但王珉的声望比王珣要高。有一次，王忱劝王珣说："你对于人伦的品鉴，虽然不坏，但又何必常与僧弥周旋？"

王珉，字僧弥。

看人只见半面

殷顗病重，卧床不起，看人只能见半面。

那时殷仲堪正想举荆州之兵，东下石头城。于是殷仲堪去探望殷顗，流泪话别。殷顗却说："我的病自然会好，你自己多多保重吧！"

慧远庐山讲经

慧远在庐山，年纪已老仍讲经不辍。弟子中有些懒惰的，远公便对他们说："我是桑榆之光，无力返照。你们像东升的太阳，应该大放光明啊！"说完，便又登座讲经，辞色清苦。远公的高足，见师父已如此吃力，为之感动不已。

红绵绳缠腰

桓玄好打猎。每次出猎，旌旗都长达五六十里。到达猎区后，便施两翼包围，自己则策马如飞，不避高低。

桓玄打猎的时候，如果发现行阵不整，有鹿兔脱逃，便会大发脾气，把左右参佐都用粗麻绳绑起来。

桓道恭和桓玄同族，每次追随桓玄出猎，都用红绵绳缠在腰上。桓玄看了很奇怪，就问："你这是干吗？"道恭回答："你打猎喜欢把人绑起来，麻绳这么粗，上面又有刺，我怕受不了，所以自己预备了绳子。"桓玄大笑，从此脾气改了许多。

王绪、王国宝一狼一狈

王绪、王国宝因为邪佞亲幸，而狼狈为奸。王忱很看不过去，便劝告他们说："你这样气焰炎炎，难道不怕狱吏之贵吗！"

"狱吏之贵"是周勃的故事：汉丞相周勃，有一次被人诬告谋反。文帝就下令把周勃交付廷尉审问。周勃入狱后，狱吏知他必死，动不动便来侵犯侮辱。周勃大感吃不消，只好以千金重价收买狱吏。狱吏满足以后，才提示他让他儿媳妇（某公主）作证，便可脱罪。周勃出狱以后，对家人叹息道："我从前只知带兵百万之威风，哪知狱吏之贵如此！"

捷悟第十一

门上题"活"字

曹操做宰相的时候，有一天亲自去看相府施工的情形。他在大门前站了一会儿，便在门框上题了个"活"字，写完一句话也没说就走开了。杨修那时是相府的秘书，他一看，便叫工人把门改小。人问为什么？杨修说："门中加活字，便是阔字。魏王是嫌相府的门太大了。"

一人一口酪

有人送曹操一瓶酪，曹操喝了几口，便在盖子上面题了个"合"字。众人都不解。

杨修一看，便把酪打开来，喝了一口，然后说道："魏王叫大家一人一口酪，你们还等什么！"

曹娥碑绝妙好辞

曹操有一次路过曹娥碑，见石碑背面题有"黄绢、幼妇、外孙、韲（jī）臼"八个字。他就问杨修："懂不懂？"杨修说："懂。"曹操说："你先不要讲，让我想想看。"骑着马走了三十里，才说道："我懂了。"于是叫杨修把他猜的意思记下来。

杨修说："黄绢，色丝也，是个'绝'字。幼妇，少女也，是个'妙'字。外孙，女子也，是个'好'字。韲臼，受辛也，是个'辤'字。合起来便是绝妙好辞。"曹操一听，和自己所想的意思正好相符，便叹说："我的才情不及你，相差三十里。"

《世说》原文："我才不及卿，乃觉三十里。""觉"是"较"的假借字，六朝人常常这样用。"较"是"差"的意思。韲，同"齑"；辤，同"辞"。

王导机悟

王敦引兵将入建康城，明帝令温峤烧断城南的朱雀桥。温峤未将其烧断。明帝一时大怒，左右莫不失色。

明帝下令，召集朝臣。温峤到后，一见明帝脸色，吓得不敢向前谢罪。这时，丞相王导刚刚进来，立刻脱了鞋子，跪在地上谢罪说:"请陛下息怒,使温峤得以谢罪。"温峤乘机下跪,明帝脸色才逐渐缓过来。

郗嘉宾料事机先

郗愔(yīn)在京口掌握精兵,桓温对他十分厌恶,郗愔仍不自知。

郗愔有一次派人送一封信给桓温,说要和桓温共扶王室,恢复神州。使者在路上刚好碰到了郗愔的儿子嘉宾。嘉宾把信拆来一看,大为吃惊,便把信寸寸毁去,另外代他老父修书一封,自陈老病不堪,请归会稽休养。桓温看了大喜,立刻把郗愔调往会稽,使他以山水自娱。

夙慧第十二

食糜亦可

有客人到陈太丘家夜宿，太丘让元方、季方去烧饭吃。二人生了火以后，听见客人和太丘在厅上议论，便偷偷躲在一边听。

过了不久，太丘问："饭煮得怎么样了？"二人跑去一看，饭已烧成稀烂，便只好照实说了。

太丘也不责备，只是问："你们听得懂吗？"二人说："大致不差。"然后争相讲述一遍。太丘叹道："能够这样有心，就算吃稀饭也不要紧。"

王宫不是何家

何晏的父亲早死，母亲尹氏十分端丽，被曹操选作夫人，因此何晏一直在宫中长大。

何晏七岁时，聪明秀丽，深为曹操所钟爱，好几次想把他收为自己的儿子。何晏听说曹操想把他收归曹家，便在地上画了一个方形的格子，自己坐在中间。有人问他："你这是干吗？"他说："这是何家的房子啊！"曹操知道这事之后，心知何晏不肯，便把何晏送出宫去了。

长安远不远

晋明帝小时候坐在元帝膝上。有人从长安来，元帝便问些洛阳的消息，边听边流泪。明帝问："你为什么哭呢？"元帝便把渡江的事说了。

然后，元帝故意问他："你知道长安和太阳，哪个比较远吗？"明帝说："太阳远哪。只听说有人从长安来，没听说有人从太阳那边来，就可以知道了。"元帝很惊讶。第二天，大会宾客，元帝把昨天的事说了一遍，又故意再问明帝。不料明帝这回居然答说："太阳近哪！"元帝大惊，便问："你怎么说的话和昨天不一样呢？"明帝说："我抬头就看见太阳，却看不见长安哪！"

既着短衣，不需夹裤

韩伯小时候，家里很穷。有一次大寒，母亲替他缝制了一件短衣，叫他拿熨斗来烫。

殷夫人对韩伯说："你且先穿上短衣，改天再替你做夹裤。"韩伯却说："阿母，我不需夹裤。"母亲问为什么？他说："我刚才拿熨斗，炭火在斗中，柄就热了。今已穿上短衣，还需夹裤吗？"

躁胜寒，静胜暑

晋孝武帝小时候，冬天白日穿单衣，夜晚却盖好几层棉被。谢安劝他说："陛下这样，白天太冷，夜晚太热，不合养生之道。"孝武说："夜里很静，心也很静，就不会热了。"

豪爽第十三

王敦鼓技卷人神魄

大将军王敦小时候像个田舍郎，说话也带着南音，很让人家瞧不起。

有一次，晋武帝唤时贤共话技艺。大家都在七嘴八舌地凑热闹。王敦却坐在一边，眼神很瞧不起他们。武帝问他："你不喜欢这些吗？"王敦说："我只会打鼓。"武帝说："好。"就叫人把鼓拿来。

王敦心中厌恶诸贤纸上谈兵，自命高雅，当下便捋起衣袖，拿鼓槌举上半空，突然凌空下击，鼓声绵密利落，如天风海雨，卷人神魄，四座无不骇然快意。

放婢妾如放鸽子

王敦曾一度极爱女色，身体为之劳悴，左右劝他不要这样放纵。王敦说："我竟不自觉啊！但这个好办。"说罢，就把后院的门打开，把婢妾数十人叫出来，请她们上路，随她们要去哪里。时人都叹服他的果断爽快。

王敦酒后敲唾壶

王敦每次酒后，便高唱"老骥伏枥，志在千里，烈士暮年，壮心未已"。一边唱，一边用如意敲打珊瑚唾壶作节拍，壶口都被打缺了。

祖约厉折阿黑

王敦将带兵东下石头城，先派使者入京，叫时贤好好做准备，不要临时后悔。祖约一听大怒，在使者面前破口大骂："你给我告诉阿黑（王敦小字阿黑），少逞狂妄！叫他赶快回去，如果他不听我的话，我立刻带三千兵，用八尺的长矛，送他上西天！"

庾翼意气十倍

庾翼镇荆州，常有北向中原之心。后来和朝廷几经折冲，才得成行。

庾翼集荆州之精锐，大会于襄阳。在要出发的时候，庾翼向各将校亲授弓箭，并大声说："我们这次出师，就像这支箭！"说罢，向空中连射三发，意气十倍。

桓温怒掷《高士传》

桓温有一次在读皇甫谧（mì）所作的《高士传》。当读到陈仲子的故事时，桓温大怒，把书用力掷在地上，骂道："哪能这样苛刻，不近人情，真正岂有此理！"

原来，陈仲子的故事中说：陈仲子是齐人，至贫。他的哥哥做宰相，列鼎而食。仲子认为不义，便去吃野草。有回去看母亲，母亲煮鹅肉给他吃，吃到一半，才知道这只鹅是哥哥送的，便哇地一口把鹅肉吐在地上。楚王请他做宰相，陈仲子却连夜逃去，替人种花灌园。

这么个不近情理的故事，难怪桓公大怒！

桓镇恶吓走疟疾鬼

桓石虔小字镇恶，十七八岁时，小孩都已叫他镇恶郎。

有一次，他在桓温斋筵上吃斋，斋后便随桓温北征。河南枋头一役，桓温大败，车骑将军桓冲被俘。

桓温对石虔说："你叔叔已落贼手，你知道吗？"石虔大怒，带兵上阵，拼死从万军之中把桓冲救了回来，三军遂服其胆色。

此后，河朔地区便以桓石虔之名断疟疾。俗传疟疾的鬼很小，害怕巨人、君子，所以患疟疾的人，只要叫一声："桓石虔来"，疟鬼便吓跑了。

王胡之高唱《九歌》

王胡之在谢安家高唱《楚辞·九歌·少司命》："入不言兮出不辞，乘回风兮载云旗。"唱完后满意地说："司命之神来去飘忽，乘风载云，令人神往。"回头一望，座上已无半个人影。

容止第十四

捉刀人乃真英雄也

有一次匈奴使者来拜见魏王曹操。曹操个子矮小，姿貌绝丑，自认为颇拿不出去，便叫崔琰（yǎn）来代替。崔琰坐在榻上，眉目疏朗，须长四尺，极有威严。曹操替他捋刀，站在旁边。

匈奴使者来参谒走后，曹操派探子问使者："你看魏王怎样？"使者说："魏王名望甚好，但依我看，床头捉刀人乃真英雄也！"

魏王听了，立刻派人追杀匈奴使者。

何晏面如傅粉

何晏姿貌秀丽，面白如傅粉。魏文帝有点儿怀疑。

有一次，在夏天的时候，文帝故意给他热汤饼吃。何晏吃了以后，满身大汗，便拿袖子去擦脸，越擦脸色越是晶莹。

嵇康萧萧肃肃

嵇康身材高大，风姿特秀。山涛说："嵇康像是一棵孤挺的松树，他大醉的时候，便像一座玉山似的倒了下来。"

王戎视日不眩

裴楷说："王戎眼神清澈，如碧岩下的一道白光。"

绝美绝丑

潘岳姿容秀美，少年时，常衣着华丽，挟弹弓出洛阳道上，妇人少女遇到他，莫不联手把他环抱起来。

左思容貌绝丑，也想模仿潘岳挟弹遨游，但妇人都对他乱吐口水，弄得左君只好一阵悲愤，落荒而走。

王衍手指晶莹如玉

王衍姿貌妍丽，妙于清谈，手上常拿着白玉柄的拂塵。他的手指莹白如玉，看上去和白玉柄没什么分别。

裴楷粗服乱发皆好

裴楷姿貌俊逸，粗服、乱发都很好看。时人说看见他来，如在玉山上行走，光彩照人。

刘伶土木形骸

刘伶身材矮小，形貌绝丑。但他悠然自得，常以为天地太窄狭。

卫玠先天不足

王导见了卫玠，说道："居然这样苗条，虽然整天服寒食散调养，仍然像是不堪罗绮。"

"不堪罗绮"，是说穿上最薄的罗绮，仍觉不胜负荷。

庾冰腰围壮阔

庾冰身长不满七尺，但腰围壮阔，肚子像山崩似的垂挂下来。

看杀卫玠

卫玠素有"璧人"之称，有一次他从南昌去石头城，城中人久闻其名，一时前来观看的竟围成人墙。卫玠本就先天不足，苗条娟秀。他被人墙围住以后，不堪劳累，回去不久就病死了。那时人便相互传说"把卫玠看死了"。

庾亮丰采如玉

苏峻在历阳山头作乱，引兵直逼石头城。这是庾亮一时粗心所引起的变故。所以，城破之日，温峤劝庾亮和他共同投奔荆州刺史陶侃处求救，庾亮便深有戒心。

二人到荆州后，温峤先去见陶公，陶公怒说："苏峻作乱，诸庾要负责任，现在即便是杀了庾家兄弟，也不足以向天下人谢罪！"庾亮听了这消息，惶恐无计。

隔了几天，温峤又来劝庾亮："傒狗（陶公小字）的脾气我摸得很清楚，你不必害怕，明天跟我去，包你没事。"庾亮只好硬着头皮去见陶公。陶公一见庾亮姿采，顿然改观，说道："庾公也来拜陶某吗？"

王恬才貌不相称

王恬姿容美秀，有一次去问候王丞相起居，王导拍着他的肩膀说："阿奴可爱，只恨才不相称。"

杜乂神仙中人

王羲之见了杜乂（yì），叹服地说："面如凝脂，眼如点漆，真神仙中人！"有人说王濛亦形貌清澈，蔡谟却说："只恨那些人没有见过杜乂。"

桓公鬓如反猬皮

清谈名家刘惔见了桓温，大为叹赏，说："桓公须如反猬皮，眉如紫石棱，自是孙仲谋、司马宣王一流的人。"

孙权，字仲谋，司马宣王指司马懿，二人都是有大野心的人物。

支道林形貌丑异

王濛有一次病了，无论亲疏，一律不准通报。忽然守门人来报告说："门外有一异人，不敢不报！"王濛笑道："此必林公来了！"

天际真人

桓温说："谢尚在北窗下弹琵琶，使人作天际真人想。"

不复似世中人

有一次，王濛在大雪中去造访王洽。王洽远远望见他，叹道："此人已不像是尘世中人！"

自新第十五

周处除三横

周处年少时，凶横霸道，常侵暴吴兴乡里。吴兴附近的义兴，山中有一只恶虎，水中有一只蛟，出没无常，伤害人畜，于是当地人把周处与它们合称作"三横"——三个凶暴的家伙。

周处听说附近有虎、蛟，颇侵占自己的地盘，便去寻它们晦气，打算先入山刺虎，再下水斩蛟。他杀虎之后，下水和蛟恶斗，三天两夜不曾上岸，居民奔走相告，以为周处必与蛟同归于尽。不料三天后，周处居然杀蛟登岸，民众大骇，纷纷走避。

周处到了中年，见乡里无不怕他，而吴郡大族的陆机、陆云却受人敬仰，望重江南，一时颇有悔意，于是他径往陆家寻陆氏兄弟。

周处见了陆云，叹息道："我从前以为，人人怕我，我便是英雄，今已知过，奈何岁月已逝！"陆云说："丈夫只患大志不立，如果立志坚定，何愁不有建树！"周处大喜，下拜，后遂成豪杰。

戴渊投剑折节

戴渊少年时，经常带凶器横行江淮一带，攻掠商旅。

有一次，陆机赴洛阳，行装豪丽。戴渊一见，说是肥羊来了，便叫手下少年动手。

陆机站在船头，见岸上有一豪士，高据胡床上，锋颖逼人，指挥恶少，定力十足。陆机大声喝道："兀，那个鸟，既是英雄，又怎么做这路买卖！"一句话触动戴渊心事。戴渊便向陆机走来，说道："若蒙不弃，我便折剑下山。"二人遂定交。

陆机后来推荐戴渊在洛阳做官。渡江以后，戴渊官拜征西将军。

"投剑"，是指弃剑。"折节"，是指改变从前的行为。

企羡第十六

王导超拔

王导拜司空以后，有一天桓温故意梳了两个发髻，穿上葛衣，装作百姓模样，拿一支手杖，在路边偷看王导的丰采。桓温赞叹道："人说阿龙超拔，阿龙自是超拔！"

王导，小字阿龙。

《兰亭集序》比作《金谷诗序》

王羲之的《兰亭集序》完成后，有人将其比作石崇《金谷诗序》；又把羲之比作金谷园主石崇，羲之听了，大有得意之色。

伤逝第十七

吊客作驴鸣

王粲字仲宣，生前好听驴鸣。他死的时候，文帝曹丕亲率宾客送葬。

下葬之后，文帝回顾往日旧游叹道："仲宣生前好听驴鸣，今不幸早逝，诸君何不各作一声驴鸣以送行！"于是赴吊宾客一一作驴鸣。

竹林已成梦

王戎做尚书令的时候，有一天公服乘车，路过黄公酒垆，那时嵇康、阮籍已相继谢世。

王戎触景伤情，便回头对人说道："往日常和嵇叔夜、阮嗣宗在此酣饮。自二公谢世以来，为俗事所缠，已多时不游此地，竹林旧梦，已不可寻。"

嵇康，字叔夜。阮籍，字嗣宗。

诸君不死

孙楚有才情，一生只推服王济。王济死的时候，宾客都来送葬。孙楚后到，临尸恸哭，赴客为之挥泪。

孙楚哭后，又对灵床祝道："生前你最喜听我作驴叫，我现在叫最后一次为你送行！"说罢便作驴叫，动作逼真，吊客忍不住一起笑了起来。孙楚眼珠一瞪，骂道："就是因为你们这些人不死，武子才会早死！"

王济，字武子。

情之所钟

王戎丧幼子。山简前往慰问，见王戎悲不自胜，便说道："孩抱之物，何至于此！"王戎叹道："圣人忘情，最下不及于情。情之所钟，正在我辈。"山简听了，为之悲恸不已。

卫玠改葬江宁

卫玠在永嘉六年死的时候，葬在南昌。

咸和时期，王导说："卫玠风流名士，海内仰望，自当修三牲之礼，予以迁葬。"于是改葬江宁。

故物长在

王濛临死前，在灯下不断转动拂尘，依依不舍，叹道："我竟活不过四十岁！"说罢，气绝。

刘惔与王濛是至交，二人灵犀相通。临殡，刘以犀柄塵尾一支插入灵柩，身子一仰，便昏倒在地。

知己只有一个

支道林和法虔是同学，二人情谊相通。法虔死后，林法师便不再说话。只是有一次叹息道："郢人去世，匠石便抛了斧头，终身不再用它。今契友既亡，中心蕴结，我恐怕也将不久于人世了！"过了一年，林法师便下世了。

"匠石废斧斤"的故事，见《庄子·徐无鬼》。有一次，郢人在刷白灰的时候，有一滴白灰落在鼻尖上，便叫身边的匠石拿斧头把它砍掉。匠石运斧如风，把白灰砍得干干净净，郢人一动也不动。后来宋元君把匠石找来，说道："我把白灰涂在鼻尖上，让你砍一砍，好不好！"匠石说："不行。自从郢人死后，我早就把斧头丢了。"

林法师墓木已拱

支道林死后，葬在石城山上。

有一年，戴逵路过林法师墓，见高坟荒凉，不觉叹道："你的德音还在人间，墓木却可合抱了。只望你的英灵长在，不要和气运一起消失啊！"

人琴俱亡

王徽之、献之两兄弟，一起病重，而献之先死。

徽之知弟已去，便要求坐车去奔丧。

献之生前喜欢弹琴，把琴就放在灵床上。

徽之来到，并不哭，只直上灵床，取琴便弹。琴弦很久没调了，徽之一抚便叹道："子敬、子敬，人琴俱亡！"说罢，把琴一抛，恸哭失声。

过了一个月，徽之便也随之谢世。

栖逸第十八

登苏门山长啸

阮籍善啸，声闻数百步之外。

有一次，他听采樵的人说，苏门山（太行山）中有真人，便独自前往看看。到了山中，果见一异人蹲在岩前。阮籍就和他相对蹲在那里。

阮籍先是开口谈些黄帝、神农的故事，再谈些三代的盛德，那人一概不答。于是便谈些导引服气之术，那人竟看也不看阮籍一眼。

这时候，阮籍蹲在地上突然引声长啸。过了许久，那人才笑说："你再啸。"阮籍便婉转作啸，至兴尽为止。

阮籍见那人还是不讲话，便抬脚下山。刚到半山腰，岭上嗜（jiū）然作响，林谷回应，像好几部鼓吹一样。阮籍抬头望去，正是那人在长啸。

孙登保身之道

嵇康在汲郡的一座山中，遇见道士孙登，便和他盘桓数日。嵇康临走时，孙登对他说："君才情罕见，可惜保身之道不足。"

孔愉自箴自诲

孔愉入临海山修道，常独寝独啸，自箴自诲。百姓以为他有道术，生前便为他立庙，称为"孔郎庙"。

刘骥之读史传自娱

南阳刘骥之喜读史传，隐居阳岐山中。桓冲镇荆州时，偶与他往来。

苻坚引兵窥江南时，桓冲派人请骥之助阵，骥之亲自前往见桓冲，自陈野人无所用。桓冲对他很敬重，赠物甚多，骥之一概不受。

骥之隐居之地，近路边，往来人士，常投他家住宿。离骥之约百里之地，有一老媪将死，说道："大约近日只有骥之会来收埋我吧！"

范宣生不入公门

范宣一生不肯入公门。有一次韩伯和他同车，想故意诱他入郡中公府，范宣便趁韩伯不留意时，在车后溜了。

戴逵不做王侯伶人

戴逵隐居东山，以琴书自随。他阿兄戴逯（lù）则立志功名。谢安说："你们兄弟，志业何太悬殊？"戴逵说："下官不堪其忧，家兄不改其乐。"

贤媛第十九

昭君不屑贿赂画工

汉元帝的宫女很多，便叫画工一一画下来。如果要找哪个妃嫔，只要看图挑选就可以了。因此，宫女多贿赂画工，希望把自己画得好看些。

宫女之中，有个叫王昭君的，姿貌秀丽，不肯出钱贿赂，画工就把她画得很丑陋。

后来，匈奴求和亲，元帝按图一看，便叫昭君出嫁。临行，昭君向汉元帝辞别。元帝一见大为怜惜，但名字已定，不好再改，于是昭君便嫁给了呼韩邪单于。

班婕妤不佞鬼神

汉成帝宠幸赵飞燕，飞燕妒忌班婕妤，便向成帝进谗，说班婕妤用厌胜诅咒皇上。

班婕妤被收捕拷问时，坦白说道："如果鬼神有知，他会接受我这样邪恶的祝告吗？如果鬼神无知，我向他祝告又有何用？所以我绝不做这样的事。"

"厌胜"，是一种蛊道邪术。

不做好，不为恶

赵母嫁女，临别的时候，对女儿说："你嫁出去以后，不要做得太好，太好人家会妒忌你。"女儿说："不要做太好，便做坏一点吗？"赵母说："坏事又哪能做呢？"

赵母的话发人深省：坏事不能做，好事也不能做得太好。

君只好色而已

许允娶妻阮氏，容貌奇丑，因此夫妻交拜完毕，许允便逃出洞房，不肯进去。

这时候，刚好桓范来访。桓范听说许允不敢回洞房，大笑，然后说道："我想阮家既把这样丑的女儿嫁给你，其中必有深意。"许允被他一言说动，殊感好奇，便入内探视。

许允刚一进去，见妇人实在太丑，便拔脚想退出来。妇人知道许允这一走，九头牛都拉不回，便用手一抄，把许允的衣襟捉住了。

许允一看，逃不掉了，灵机一动，便道："妇有四德，你有哪样？"妇人说："除了妇容以外，样样都有。但士有百行，你有哪样？"许允便赖皮道："样样都有。"妇人说："休来骗我。百行以德为先，你只好色而已，何谓样样都有？"许允不能答，只好服了。

许允妇保子有方

许允被司马景王收捕，门人告其妇阮氏。阮氏正在织布，神色不变，说道："我早知会有此事。"

门人想把她的孩子们藏起来。阮氏说："不用了。"不久，景王派钟会来看许允的儿子，看起来每个都不是很聪明。钟会回报，景王便说："放了他们吧。"其实许允的儿子并不是不聪明，而是他们的一言一行，阮氏早就暗中叮嘱过了。

山涛妻夜窥嵇阮

山涛和嵇康、阮籍一见面，便臭味相投。

山公之妻韩氏感觉山公和嵇、阮的交情，颇不寻常，便说："我可以看看他们吗？从前负羁之妻，不也亲自看过狐、赵吗？"山公说："好。"

过了几天，嵇、阮二人来访，韩氏叫山公把他们留下来过夜。韩氏亲自下厨准备酒菜，然后偷偷观看他们的举动。那天晚上，只见他们杯酒交欢，清谈不倦，直到东方既白。

第二天，山公问韩氏："怎么样？"韩氏说："那两个人才情太高，非你所及，只能用你的度量和他们周旋。"山公说："是呀，他们常说我的度量好。"

"负羁观狐赵"的故事，见《左传》。晋公子重耳带着狐偃、赵衰流浪到曹国，僖负羁之妻说："我看晋公子身边的那两个随从，都可以做宰相啊！"

王浑之妻相人有术

王浑之妻钟氏，生了一个女儿很贤淑，王济想替这个好妹妹找个对象出嫁。

210

刚好有个兵家子，才情高雅，王济便向母亲报告。钟氏说："如果确实有才，门第寒微也没关系，但一定要让我亲自看看。"

后来钟氏看那兵儿果然拔萃，但骨貌不是长寿相，便说："可惜，可惜。"不把女儿许他。

过了几年，那兵儿真的死了。

娃儿取水可观

王昶（chǎng）之子王湛，从小有点儿糊涂，他的父亲认为他的婚事可能会有困难，便说："你自己随意去挑选好了。"

不久，王湛说："我想娶郝普的女儿。"郝家门庭孤陋，本配不上他们太原王氏，但王昶还是答应了。

郝女过门以后，不但姿貌好，而且非常贤淑。有人便偷偷地问："你当时是怎么挑选的？"王湛笑说："我看她在井上打水的背影就知道了。"

李重有女叫"绝"

李重是江夏名士，时人比作王衍。

赵王伦篡位时，孙秀做尚书令，想杀人立威，便说："乐广名望太高，不可杀；李重江夏名士，也不可杀。但声望比李重低的，杀了又有什么用？"于是决定逼李重自杀。

李重在家，忽然有人来，从发髻中拿出一封短信给他看。李重知道有事，便把信拿给女儿看，女儿看了只是叫"绝"。李重明白了，便自裁而死。

李重的女儿，自小聪慧，李重视之如掌珠。

周浚行猎遇奇女

周浚做扬州刺史时，有一次出外行猎，遇上暴雨，便就近造访汝南李氏。

李氏是富豪。周浚来时，刚好男子不在，李女名络秀，听说有贵人来访，便亲自指挥婢女杀猪宰羊，做数十人的饮食，屋内静悄悄不闻人声。

周浚偶然向窗中一望，见一女子状貌非常人，心中暗暗称奇。

周浚回去后，便向李氏提亲，要求那女子做妾。络秀父兄不肯答应，络秀便说："我们李氏门望既低，不如便与他们贵族联姻，将来也好有个照应。"李氏父兄只好答允了。

李女嫁给周浚后，便生下周顗兄弟。有一天，她对周顗兄弟说："当初我之所以嫁过来，只是为我们李家门户作打算，将来你们如果不把我们当亲家，平等往来，那我就自杀好了，没什么值得再活下去的。"周颢兄弟连连点头。

所以，李女在世时，周李二家，便公开地平等往来。

陶侃之母卖假发

陶侃少有志，但家极贫。

有一次，郡孝廉范逵来访，马仆甚众。陶公一时无计接待。

陶母湛氏说道："你自去留客，一切由我来办。"陶公便自去和范逵周旋。

湛氏发长委地，叫人截下来做成两副假发，卖了做米钱，把房子的柱子砍下一半做柴火，把垫子下的稻草拿来做马草。到了晚上，总算张罗了一桌精美的晚餐。

范逵在陶家，既蒙厚意，第二天又见陶侃送他到百里之外，范逵便觉得深欠陶侃的人情。于是到了洛阳，范逵就向顾荣诸名士推荐，于是陶侃声望才显。

我见犹怜，何况老奴

桓温娶南康公主，性子凶妒，使他颇吃不消。

后来桓温带兵平蜀，一见李势之妹，惊为天人，就偷偷地把她娶回来做妾，叫她住在后斋。

最初，公主还蒙在鼓里。不久，她听见风声，气得咬牙切齿，便吩咐了几十个婢女，各挟白刃前往。公主到了后斋，向窗中一望，只见李女正在梳头。

李女头发很长，拖到地上，十指如玉，在缓缓结发。她见公主来了，不慌不忙说道："我已家破人亡，活着也无生趣，你要杀我，便请动手吧！"公主见了她的模样，已看呆了，再听到她的声音，便忍不住刀子一抛，把她抱住，说道："阿子，我看到你就喜欢，何况是我家老奴才！"

"阿子"，是女子亲昵的称呼。

谢安有妇难缠

谢安好声色，妓妾日新月盛。

有一天，谢公和诸子侄正在看妓妾舞蹈，夫人刘氏走过来对谢公说："看多了有伤令德。"说着便把帷幕拉上，无论如何就是不开。

谢安一见风头不对，就闭口不说话。诸子侄兴趣正浓，便一起劝道："《关雎》有不妒之德。"刘夫人一听，诸子侄竟教训自己来了，便问道："《关雎》是谁作的？"诸子侄说："是周公作的。"刘夫人道："好哇！周公是男子，当然要说女人不妒最好。如果《关雎》是周婆作的，她还会这样说吗？"诸子侄不能答。

刘夫人走后，谢公把舌头一伸，悄悄说道："难缠！难缠！"

桓冲只好领家教

桓冲有个毛病：不喜欢穿新衣服。

有一天，他洗过澡后，妇人送来新衣服。桓冲大怒，说："拿回去！"妇人只好收了回去。过了一会儿，妇人叫婢女把新衣服又送了回来，并对他说："夫人刚才很生气，她说衣服不经新，怎么会变旧？"桓冲一听有理，只好大笑着把新衣穿上了。

韩母不厌旧物

卞鞠讨厌旧桌子，桌子一旧便换新的。有一天，他看见韩伯的母亲靠在一张又旧又破的桌子上，便说："为什么不换新的呢？"韩母说："旧东西都扔光了，古物从哪里来呀！"

术解第二十

阮咸神解

　　荀勖善解音律，时人称为"暗解"。每次朝廷作乐，都由他调节宫商，无不谐韵。

　　阮咸对于音律，妙于鉴赏，时人称为"神解"。每次朝廷作乐，阮咸心中都觉得不好，因此从来不曾说过荀勖一句好话。朝廷认为阮咸是心存妒忌，就把他外放做始平太守。

　　后来，有一农夫在耕田时，拾得一支周朝的玉尺，便是天下正尺。荀勖拿玉尺来校对自己所制的钟鼓、金石、丝竹，都觉得短了一黍（一黍米的长度）。自此，不得不拜伏阮咸神识。

荀勖吃车轴饭

荀勖有一次和晋武帝一起吃笋进饭，对人说："此是劳薪炊也。"座上人都不相信。晋武帝暗中派人去问，回答说："确是用旧车轴烧的饭。"

"劳薪"指车轴，因为车轴旋转不息，所以称为劳薪。"劳薪炊"是《左传》上的故事。师旷有一次和晋平公一起吃饭，他说："这是劳薪爨（cuàn）。"晋平公派人去问，果然是用车轴烧的饭。

羊公折臂

有人相羊祜父亲的坟墓，说："应出真命天子。"羊祜认为不祥，便叫人把墓后龙脉掘断。相风水的去看了看，又说："至少还会出一个折臂三公。"后来，羊祜镇襄阳，因盘马落地，折断了一只手臂。而且，羊祜的官爵果然位至三公。

郭璞占葬龙耳

晋明帝学过占冢、占宅术。有一次他听说郭璞为人占了一穴，就换上便服偷偷去看。

到了墓地，明帝问主人："你们家怎会选上龙角？这种葬法会灭族啊！"主人却说："郭璞说这是龙耳，不是龙角，葬在龙耳会招来天子。"明帝说："你是说会出皇帝吗？"主人说："不是出皇帝，只会使皇帝来访而已。"

郭璞破震灾

王丞相令郭璞试占一卦。郭璞一看，气色败坏，说："丞相有震灾。"王导便问："可以消解吗？"郭璞说："可用柏树消解。"

于是，王导叫人砍下一根柏树，和身材一样高，放在床上。过了几天，柏树震得粉碎。王敦知道了，说："丞相的灾是消了，柏树却无端遭了殃。"

别酒新术

桓温有一秘书，最能辨别酒的好坏。有酒开瓶，就叫他先品尝，好酒称为"青州从事"，坏酒称为"平原督邮"。

青州有齐郡，齐和脐同音，所以"青州从事"是指好酒一喝便到肚脐。

平原有鬲（gé）县，鬲和膈音相近，所以"平原督邮"是指坏酒一喝到喉咙就下不去了。

巧艺第二十一

陵云台斜而不倒

洛阳的陵云台结构精巧，先把要用的木材称过，使铢两悉称，然后才建筑。

陵云台很高，经常随风摇动，但绝不会倾倒。魏明帝有一次登上高台，觉得很危险，叫人用大木材撑起来，楼台失去了平衡，不久便倒塌了。

书贼画魔

钟会是荀勖的堂舅，二人感情不好。

荀勖藏有一支宝剑，价值百万金。这支剑放在母亲钟太夫人的身边。钟会书法高妙，便偷偷模仿荀勖笔迹，写信给钟太夫人，把剑骗了过来。荀勖心知是钟会所为，但是无法取回，便决心报复。

钟会兄弟花了一千万钱，盖了一栋华丽的新宅，刚刚落成的时候，荀勖偷偷跑到门堂里，以他精巧的技艺，画了一张太傅钟繇的画像，衣着情态一如生前。钟会兄弟进来一看，大受感动，新宅便空下来没有人住了。

顾恺之妙画通灵

顾恺之的画，妙绝一时，人也痴绝。

有一次，他把一画橱画寄放在桓玄家。橱中的画都是顾恺之最得意的珍品，所以画橱上有封签。桓玄心知橱中必非凡品，便很小心地把封签剔开，把画偷了，然后仔细地把封签复原。过了些时候，顾恺之把画橱收回，见封签完好如初，便把画橱打开一看，所有的画通通不见了。顾恺之就对人说："妙画通灵，都飞掉了。"

又有一次，邻家有一女娃儿，顾恺之很喜欢她，便去挑逗她。娃儿一扭头跑掉了。顾恺之不死心，就把娃儿的像画在自家墙上，用一根牛毛细针扎在娃儿心上。那娃儿果然每天心痛如刺。恺之偷偷和她要好，娃儿不敢不从。于是恺之把画上的针一拔，娃儿的心就不再痛了。

谢安叹息说："顾恺之的画，有苍生以来，无人有此造诣。"

顾恺之画三根毛

顾恺之画裴楷，脸颊上加了三根毛。有人问这是干什么？顾恺之答道："人家都说裴楷有识具，这便是他的识具。"有画家细看这三根毛，果然有神。

坐隐和手谈

王坦之说："下围棋是坐隐。"
支道林说："下围棋是手谈。"

顾恺之飞白画眇目

顾恺之喜欢画人。有一次他要画殷仲堪。仲堪眇（miǎo）一目，便说："不须麻烦了。"恺之道："你身上特殊的就是眼睛啊！我只要明点眼珠，用飞白画法，便像是轻云蔽日一般。"

"飞白"，指笔势飞举而笔画中空。"眇一目"，指瞎了一只眼睛。

谢鲲在岩穴中

顾恺之把谢鲲画在岩石中，有人看了觉得很奇怪。顾恺之说："谢鲲自云'一丘一壑，自谓过之'，所以这种人最好把他放在岩穴里。"

"一丘一壑"的故事，见本书《品藻第九》。

顾恺之不点目睛

顾恺之画人，经常不画眼珠，有人说："为什么要隔好多年才点眼珠呢？"顾恺之说："画人像，四肢美丑，不关神韵，传神写照，就在这一点。"

顾恺之画"目送归鸿"

顾恺之说："画手挥五弦容易，画目送归鸿就难了。"

宠礼第二十二

怕领干薪的京兆尹

　　许珣曾在京都停留一个月，丹阳尹刘惔每天都去找他清谈。

　　后来，刘惔叹息说："你再不走的话，人家要说我这个京兆尹领干薪，不上班了。"

任诞第二十三

竹林七贤

阮籍、嵇康、山涛年纪差不多，加上刘伶、阮咸、向秀、王戎，七人常集于竹林下，肆意酣畅，清谈不倦，世称"竹林七贤"。

阮籍居丧

阮籍遭母丧，在晋文王座前饮酒吃肉。何曾便对文帝说："明公以孝治天下，岂能让阮籍公然败坏名教，应该把他放逐出去！"晋文王说："阮公哀毁骨立，你不替他担心也就罢了，何必说这种话！而且服食五石散的人，必须照常饮酒吃肉，这也是不违背丧礼的。"阮籍对何曾的话不理不睬，只顾大块吃肉，大口饮酒。

"五石散"，见本书《赏誉第八》"庾琮服寒石散"条。

刘伶戒酒大醉

刘伶长年嗜酒，中了酒毒，向妻子要酒喝以解渴。妇人便把酒瓶酒杯捣烂，流泪劝说："不要再喝了好不好？你一定要戒酒。"刘伶说："好吧！我听你的话。但是我自己控制不了，必须向鬼神发誓才戒得成。现在就请你准备一份酒肉，让我来祝告戒酒。"

妇人便去备了酒肉，叫刘伶来发誓。刘伶跪在地上暗暗说道："天生刘伶，以酒为名。一饮一斛，五斗解酲（chéng）。妇人之言，慎不可听。"说罢，大吃大喝，等妇人出来一看，刘伶早已醉得不省人事。

刘昶饮酒无品

刘昶好酒如命，品类混杂。有人笑他，他却说："我自有道理。因为，酒量比我好的，我不能怕他。酒量和我差不多的，更须一拼。酒量比我差的，把他灌倒，也是一乐。所以无人不可喝。"结果，每天他都烂醉如泥。

刘伶脱衣醉酒

刘伶常喝酒放纵。有一次酒后，干脆把衣服都脱光了，躺在地上。刚好被人看见了。那人笑指刘伶乱来，刘伶却说："天地是我的房子，房子是我的裤子，你钻到我裤子里干吗！"

阮咸大晒犊鼻裤

阮咸、阮籍住在道南，其他诸阮住在道北。北阮富有，南阮贫穷。

民间风俗，七月七日晒衣物，不怕虫咬。因此，北阮大晒衣服，挂出来的都是绫罗绸缎，阮咸却用一根长竿高挂一条犊鼻裤。人家笑他，他说："未能免俗，所以只好应应景。"

"犊鼻裤"，见本书《品藻第九》"相如慢世"条。

方内和方外

阮籍丧母，裴楷去吊丧。只见阮籍正喝得大醉，披头散发，蹲在那里。裴楷来了，放声大哭，哭完了就走。

有人问裴楷："吊丧从来都是主人哭，客人行礼。你现在怎么反过来了呢？"裴楷说："阮公是方外之人，当然不哭。我辈是俗人，所以代他哭。"

人种不可失

阮咸有一次在姑姑家和一个鲜卑女娃睡在一起，两情缱绻。后来在他的母亲丧事期间，姑姑搬家了。他姑姑本来说要把那个鲜卑娃儿留下来，但娃儿临时不肯，坚持要一起走，只好带着走了。

阮咸听说那个娃儿跑了，便借了一匹驴子，穿着孝服就追，终于把她截住，一同坐驴子回来。时人对阮咸的怪异举动大惑不解。阮咸说："人种不可失。"闻者失笑。

浮名不值一杯酒

张翰好酒，常沉醉不醒。有人说："你不为身后打算吗？"张翰说："身后浮名，不如眼前一杯酒。"

毕卓饮酒三昧

毕卓做吏部侍郎，盗饮公家酒，醉倒在酒坛边，因此人赃俱获，被免职。但他还是嗜酒如故。他说："人生只要一手拿蟹螯，一手拿酒杯，拍浮在酒池中，便无所求了。"

长江哪能不拐弯

周顗和王导到纪瞻家观伎，周顗醉后颇露丑态。有人笑他不该乱来，周顗却说："长江万里，哪能不拐弯呢！"

郡卒有余智

苏峻之乱，庾冰单身逃亡，遇一郡卒用小船把他载出钱塘江口。那时苏峻派人搜检甚急，郡卒见情况不妙，便将庾冰用粗竹席罩住，登岸喝酒去了。

一会儿，那个郡卒手舞足蹈地爬上船来，嘴上不清不楚地说："谁要找庾公，庾公在这里。"庾冰吓得半死，但不敢动。这时搜检的人见那船极小，划船的人又已醉得东倒西歪，便放他走了。

庾冰脱身以后，很感激郡卒的机智，便问他有什么心愿。郡卒说:"我从小劳碌,没什么心愿,如果能有美酒,醉他一年,就满意了。"庾冰便替他盖了一栋房子,买了许多美酒贮在酒窖,并派些奴婢服侍他。

时人都说这个郡卒不但有急智,而且很通达。

洪乔投书沉江

殷羡字洪乔,陈郡人。

有一年他做豫章太守,出发前,郡人托付给他一百多封书函。殷洪乔到了南昌章江门外十多里的石头渚,便把书函统统投入水中,祝说:"沉者自沉,浮者自浮,殷洪乔不做送书邮。"

酒徒独白

王蕴说:"酒,使人自我放逐。"

王荟说:"酒,引人入胜地。"

王忱说:"三天不喝酒,便觉形神不再相识。"又说:"名士不须有奇才,只要常常得空痛饮,再熟读《离骚》,便是名士。"又说:"阮籍胸中的不平,只有用酒来浇。"

张、袁活死人

张湛喜欢在堂前种松柏。袁山松出游，喜欢叫左右唱挽歌。时人便评说："张是屋下陈尸，袁是道上行殡。"

竹癖

王徽之有一次暂住人家空宅，一到来就叫人种竹子。人家问："何必那样麻烦呢？"王徽之说："何可一日无此君。"

雪夜独行舟

王徽之住山阴时，有一天晚上下大雪，开门一望，他便想起戴逵。徽之拿起酒来灌了几口，就命驾车出游。

戴逵那时住剡溪，徽之以小舟载酒，雪夜独航，走了一夜才到戴家门口，到了门前，徽之掉头便走。

人家问："何不见戴？"徽之说："兴尽便走！何必见戴！"

桓伊吹笛无主客

王徽之在青溪渚下，遇见桓伊路边过。那时二人还不相识。有人对徽之说："那人便是桓伊。"徽之素闻桓伊吹笛清妙，便叫人请他回车。

桓伊亦知徽之大名，便下车，高据胡床，自弄三调。奏完，上车便走。二人始终不交一言。

简傲第二十四

自啸自饮

晋文王功业既盛，每会集宾客，四座肃然。只有阮籍在时，常蹲在地上，自啸自斟，旁若无人。

此君不可共饮

王戎、刘昶在阮籍家坐。阮籍对王戎说："我有二斗好酒，待会儿咱们对饮，刘君那人却没有份儿。"于是搬了酒来，二人喝得不亦乐乎，刘昶却始终沾不到一滴酒，但奇怪的是三人笑闹如常。

有人问："怎么这样对待刘昶？"阮籍说："酒量比刘君好的，不得不与他们饮酒。酒量不如刘君的，不可不与他们饮酒。但是，只有刘君此人，可以不与他饮酒。"

嵇康打铁

钟会不认识嵇康。有一次他带了一票名流去找嵇康，只见嵇康正在大柳树下打铁，向秀替他拉鼓风炉的风箱。

钟会来了以后，嵇康只顾打铁，不理不睬。钟会也一句话不说，拔脚便走了。嵇康说："何所闻而来，何所见而去？"钟会说："闻所闻而来，见所见而去！"

嵇康说你是凤

嵇康和吕安相知，常在千里以外相会。

有一次，吕安去访嵇康，不在。嵇康阿兄嵇喜出来接待。吕安却不入门，只在门上题一"鳳"字便走。嵇喜以为说自己是凤鸟，很高兴。后来才知道：鳳是"凡鳥"也。

王澄弄小鸟

王澄做荆州刺史，太尉王衍和时贤都来送行，满布街道。王澄见庭中有棵大树，树顶上有个鹊巢，脱了衣巾便爬上去找小鹊玩。玩了半天才下来。临下树时，裤子被树枝挂住，他顺势一脱，便跳下来，脸不红，气不喘，时贤都说他"达"。

"达"，就是通达。

王谢子弟

谢安和谢万西游路过吴郡。阿万说要去找王恬。谢公说："他不一定会和你应酬，还是走吧！"阿万赖着不走，谢公便说："你自己去吧！"

谢万见了王恬。王恬坐了一会儿就进去了。谢万心里暗高兴，以为王恬要拿东西好好招待他。

但是，过了许久，王恬才出来。只见他披头散发，原来是洗头发去了。王恬出来后，也不坐下，径往院子里，高据胡床晒头发，两眼望着天空，对谢万似早已忘记。

谢万只好走了。谢公在船上，远远望见谢万回来，便说："怎么样？阿螭（chī）不理你吧！"

王恬小字螭虎，当时做吴郡太守。

西山有爽气

王子猷（徽之）做桓冲的参军，每天蓬发散带，连自己做的是什么官也不知道。

有一天，桓冲对他说："你来很久了，公事应该料理料理。"王子猷完全不睬，只是两眼平视，拿版子放在脸颊边，徐徐说道："西山今早应有爽气。"

"西山"，用伯夷叔齐故事，见《史记·伯夷叔齐列传》。夷、齐隐于首阳山，作歌云："登彼西山兮，采其薇矣！"

阿万只顾唱歌

谢万北征，每天只顾唱歌，对将士不闻不问。谢安很担心，便对他说："你要多多接触将士，不可只唱歌。"阿万说："好。"

谢万把诸将找来，大眼瞪小眼，一句话也不说。他忽然拿起如意向四座一指，说："你们都是劲卒。"这话一出口，诸将都咬牙切齿，原来军中最忌讳"兵、卒"二字，谢万当面呼叫，尤犯大忌。

不久，谢万果然大败，狼狈而走。军中都想乘机除了他，谢公知道不妙，便说："阿万只当做隐士。"于是谢万才保得性命。

哪里来的北佬

王献之从会稽路过吴郡。吴郡大族顾辟疆有一座名园，王献之久闻其名，便想一游。

王献之来到顾家，刚好顾辟疆正在园中大会宾客。王献之既不识主人，亦不肯通报，就坐了轿子直闯，他边游边看，指指点点，一副目中无人的模样。

顾辟疆见了，气得七窍生烟，骂道："哪里来的北佬，放肆！"说着一股脑儿把他们赶了出去。王献之却赖在轿上不走。过了一会儿，顾辟疆见献之左右都跑了，没有人来抬他，才叫人把他送出门外。这时候，顾辟疆也神情傲然，不屑和他交谈。

排调第二十五

谁是俗物

嵇康、阮籍、山涛、向秀四人在竹林内酣饮，雅兴正浓。王戎后到，阮籍便说："那个俗人又来坏人清兴了。"王戎大笑，说："诸君清兴也这样容易就坏了吗！"

漱石枕流

孙楚少年时想去隐居，对王济说："当枕石漱流。"竟误说成："漱石枕流。"王济便说："流水不可枕，石子不可漱。"孙楚笑说："所以枕流水，是想洗耳朵。所以漱石子，是想磨牙齿。"

有功劳就糟了

晋元帝生下太子，大宴群臣，每人赐给一件礼物。

殷洪乔向元帝致谢说："太子诞生，自是普天同庆。可惜微臣对这件事并无半点功劳，竟蒙厚赐。"中宗听了笑道："这件事你岂能有半点儿功劳。"

驴就是驴

诸葛恢和王导在争论族姓排名先后。

王导说："为什么不说葛王，一定要说王葛呢？"诸葛恢笑说："譬如说驴马，不说成马驴，但驴就胜过马吗？"

鬼董狐

干宝作《搜神记》，都记些鬼故事。有一天他和刘惔娓娓而谈，刘惔听了叹道："你不愧是个鬼董狐啊！"

康僧渊山高水深

康僧渊目深鼻高，王导常常拿来取笑。康僧渊说："山不高就不灵，水不深就不清。"

老贼要干什么

桓温乘雪出猎，草草向王濛、刘惔打了个招呼便走。刘惔见他来去如风，便问："你这老贼要干什么？"桓温说："我不去打猎，你们还能有空坐谈吗！"

买山隐居

支道林托人向深公（竺法深）买一座山。深公说："哪有巢父、许由也买山隐居的？"

客人太差

王濛、刘惔在蔡谟家闲坐，言语间并不很推崇蔡谟。王濛问蔡谟："你自认为比王衍如何？"蔡谟说："不如。"王、刘相视而笑，又问："何处不如？"蔡谟说："王衍家没有像你们这种客人。"

张玄之缺齿不饶人

张玄之八岁换牙齿，门齿中间有缺口。识相的人，都知道这小子不好惹，可偏有人对他开玩笑说："你怎么口中开个狗洞？"张玄之应声答道："就是要让你这种人出入的。"

我晒腹中书

七月七日家家都晒衣物。郝隆也跑到院子里，仰卧在地上晒肚子。人家问他："你干什么？"他说："我在晒肚子里的书。"

下山就成小草

谢安隐居东山，后来下山做桓温的司马。

有一天，有人送药草给桓温，其中有一味叫"远志"，又名"小草"。桓温大奇，便拿来问谢安。谢安还没回答，郝隆就抢着说："这不难解。在山中就叫远志，采到山下就叫小草。"谢安大为惭愧。桓温却拍手大笑，说："解得好，解得好。"

用蛮语作诗

郝隆做桓温的南蛮参军。三月三日桓温大会群僚，规定每人作诗一首，作不出来的罚酒三斗。

郝隆不会作诗，心知不妙，便抢先写了一句："娵（jū）隅跃清池。"桓公一看，问说："娵隅是什么？"郝隆说："蛮人把鱼叫娵隅呀！"桓公说："作诗哪得用蛮语？"郝隆说："我是南蛮参军，不用蛮语，还用什么？"

晋楚交兵

习凿齿是襄阳人，孙绰是太原人。二人本不相识。

有一次，习、孙二人在桓温家中坐。桓公说："二公可一交谈。"孙绰说道："蠢迩荆蛮，大邦为仇。"习凿齿应道："薄伐猃狁（xiǎn yǔn），至于太原。"

二人所引，都是《诗经》上的话，针锋相对。

七尺之躯葬送在此

支道林法师在谢万家坐，一会儿，王献之来了。献之极自负，便嘲林法师说："林公假如须发都在，神情当更胜。"谢万说："那不见得。须发何关乎神明？"林法师听他们一来一往，便恼火道："我这堂堂七尺之躯，今天算是葬送在这里了！"

簸扬淘汰

王坦之、范启为简文帝所邀。王坦之年小而位高，范启年长而位低，二人入座时互相推让，结果范启坐在前面。

王坦之嘲范启说："簸之扬之，秕糠在前。"范启应道："淘之汰之，沙砾在后。"

羊公鹤怯场不舞

刘爰少年时有才情，后来有人把他推荐给庾亮。庾亮很得意，便想用为辅佐。

但刘爰刚到的第一天，庾公试着和他面谈，便觉得他并不如传闻的那么出色，一时颇为失望，因此对人戏称之为"羊公鹤"。

原来从前羊祜有只鹤，很会跳舞，羊公常向客人夸赞。有一天客人说："那就带来跳跳看吧！"羊公就很得意地把鹤牵了来，哪知道那鹤竟也会怯场，硬是不肯舞。

怎敢不拜服

何充三天两头到瓦官寺拜佛。阮裕在路上碰到他，笑说："你的志向真大，可谓前无古人。"何充道："今天怎的如此客气起来？"阮裕说："多少年来，我想混个郡守，到现在还没有半点影子。你却天天想成佛，怎敢不拜服。"

跛脚诸葛

郗愔拜北府中郎将，王献之前往祝贺，不住地吟道："应变将略，非其所长。"有人说："公今日拜官，献之出言不逊，实在可恶！"郗愔笑道："人家把我比作诸葛武侯，即使不会带兵，也很满意了！"

"应变将略，非其所长"，是陈寿评诸葛亮的话。

披挂入荆棘

王坦之在扬州和支道林法师讲论，韩伯、孙绰在座。林法师每占下风，孙绰就嘲笑道："法师今天像穿破棉袍，走在荆棘中，寸步难行。"

布帆无恙

顾恺之在荆州辅佐殷仲堪。有一次，他请假东还故里。按当时例规，不给布帆，顾恺之一再要求，殷仲堪只好应允了。

顾恺之行船到湖北华容附近的破冢，遇到大风，布帆惊险万状。脱险之后，他写了一封书函给殷仲堪说："地名破冢，真破冢而出，行人安稳，布帆无恙。"

会吃甘蔗的人

顾恺之吃甘蔗，总是从尾吃到头，有人问："为什么不从头吃到尾？"他说："这样吃才能渐入佳境。"

盲人骑瞎马

桓玄、殷仲堪和顾恺之三人共作"话题游戏"。

第一个话题是"了语"：用完了的事做题目。顾恺之说："火烧平原，一切烧光。"桓玄说："白布缠棺，殡旗飘扬。"殷仲堪说："投鱼深渊放飞鸟。"

第二个话题是"危语"：用危险的事做题目。桓玄说："在矛尖淘米，剑头炊饭。"殷仲堪说："百岁老翁挂在枯枝。"顾恺之说："井上栏杆卧婴儿。"这时候，殷仲堪身边有一参军接着说道："盲人骑瞎马，夜半临深池。"殷仲堪一听，把两手一拍说道："好小子，咄咄逼人。"原来殷仲堪瞎了一只眼睛。

缩头参军

祖广做参军，走路常缩着头。

有一次，祖广刚下车，就碰到桓玄。桓玄笑他说："今天天气很好啊，你怎么像刚从漏屋里走出来！"

下士闻道则大笑

桓玄和道曜在讲老子的《道德经》，王思道坐在一边听。

桓玄忽然说："王思道，你不妨顾名思义。"于是王思道大笑。桓玄又说："你真会作大孩儿笑。"

老子《道德经》上说："下士闻道，大笑之。不笑不足以为道。"所以王思道大笑，意在自我解嘲。

轻诋第二十六

名士是何物

竺法深说："人家都称庾亮是名士，其实胸中所藏不过是些杂草荆棘而已！"

元规尘污人

庾亮（元规）镇武昌，有东下京城之意。那时王导做丞相，心中很不平。

有一次王导在冶城小坐，刚好西风扬尘，王导便用扇子遮住脸，一个字一个字地骂道："元规尘污人！"

尘，即风尘，此处暗指战争。

长柄拂麈赶牛车

王导好声色，入密营别馆，姬妾罗列，儿女成行。

有一次，丞相夫人外出踏青，见有两三个小儿骑羊，长得端正可爱，便问是谁家的小孩儿。回话的人一时不察，漏了风声。夫人大怒，立刻率婢女持刀追讨王丞相。

王丞相听说夫人要来临检，便跨上牛车就跑，又怕牛跑得太慢，便用长柄拂麈赶牛，狼狈而走。

蔡谟知道王丞相的前科以后，故意去拜访说："听说最近朝廷要加公九锡，特来相贺。"王丞相信以为真，再三谦让。蔡谟笑说："也不必太当真，我只是听到有人用长柄麈尾赶牛车的风声而已！"丞相大窘。

后来，王丞相便在别人面前损蔡谟说："想我从前和王安期、阮千里在洛水上与名流胜会的时候，天下哪曾听说有个叫蔡克的儿子！"

猪脑袋

孙绰作《列仙传》，推赞商丘子说："所牧何物？殆非真猪。傥遇风云，为我龙摅（shū）。"意思是说：商丘子平日所牧的猪，恐怕不是真的猪。如果有一天遇到风云来时，就会像龙一样地飞腾而去。

许多文士看了这篇《商丘子赞》，佩服得五体投地。王述却大骂说："孙家小儿作的文章，算是什么东西？真是猪啊！"

"龙摅"，是龙腾的意思。

千斤牛不如百里马

桓温北征，和僚属共登平乘楼眺望中原，忍不住叹息道："神州陆沉，百年丘墟，王衍诸人实不能辞其咎！"袁虎不服，立刻答道："气运自有盛衰，哪能怪他们？"桓温怒道："这是什么话？你们没有看见刘表吗？他像是头千斤巨牛，食量惊人，但负重致远，竟不如一匹瘦马。所以魏武一入荆州，就先把他宰来吃了。"

何物尘垢囊

王坦之和支道林互相不服气。王坦之说林公是诡辩，林公却痛骂王坦之说："穿着邋遢的衣服，戴一顶破帽子，身上挟一本《左传》，跟在郑康成（玄）车后，自以为是人家的高足，其实只是装灰尘的破布袋而已。"

裴启作《语林》

裴启作《语林》，其中有两条关于谢安的故事。有一条是说："谢公对裴启说：'你已经不错了，又何必再喝酒装名士派头呢？'"另一条说："谢公称支道林如九方皋相马，只重其神骏而不论皮相。"

庾和看了《语林》，便去问谢公。谢公说："根本没有这回事，都是裴启杜撰的。"庾和便认为裴启不应该。然后庾和又拿出王东亭的《经黄公酒垆下赋》，请谢公品题。谢公不肯评价，只说："你也想学裴启吗？"

沙门不得为高士

王舒不为支道林所推重，非常气愤，便写了一篇《沙门不得为高士论》。大意是说：高士必须心游物外，不为物役，今沙门反为宗教所束缚，情性不能自得，所以不能成高士。

韩伯肉鸭子

时人评韩伯说："他是一只肉鸭子，没有风骨。"

王家子弟哑哑叫

支道林去会稽，见了王献之兄弟，回来以后，有人问他："王家子弟怎么样？"支公答道："好像是一群白颈子的乌鸦，只会哑哑叫个不停。"

王家子弟在江南常说吴语，支道林听不习惯，所以将其比作乌鸦叫。

蠢物

桓玄每次见人生气，就取笑说："你们就好比把哀仲家的梨子拿来蒸了吃。"

秣陵有哀仲家，梨子最好，入口便化。只有蠢物才会不知品味，蒸了来吃。

假谲第二十七

曹操劫新娘子

曹操少年时和袁绍在一起，好为游侠。

有一次，他二人见有人新婚，便半夜跳墙入内，大叫："有贼。"青帐中人都跑出来察看，曹操趁机抽刀把新娘子背了就走。

曹、袁二人退出墙外以后，一时迷路，误入橘子园中，橘树多刺，袁绍不敢动。曹操怕袁绍被捉，坏了大事，就大叫一声："小偷在这里！"袁绍被迫，连滚带爬，一溜烟似的跑了。

望梅林止渴

曹操行军，走了很长的路，三军皆渴，曹操便骗他们说："前面不远处便有梅子林，赶快走就可以解渴了。"士卒一听，口水都流出来，就感觉不渴了。他们往前走了一段路，终于遇到水源。

防逆有术

曹操怕有人会来谋害自己，便扬言说："如有人想对我不利，我的心就会有预感而跳动。"为了证明他的话，他偷偷地把一个亲近的小人找来，对他说："等一下你假装来行刺，我就说我已有预感，把你抓起来。如果抓你的人要杀你，你只要不说出谁叫你前来行刺便好。然后，我会重重地报答你。"

那个小人信以为真，便去假装行刺，曹操就把他杀了。结果他连自己究竟怎么死的都不明白。

曹操的左右，以为曹操真有预感，想谋逆的人也不敢动了。

梦中杀人

曹操说："我睡觉时不要接近我，我梦中会杀人。"有一天，他假装睡觉，有个亲信上前替他盖被，曹操手起刀落，把那人杀了。自此以后，只要曹操在睡觉，便没有人敢接近他了。

黄须鲜卑奴

晋明帝生母荀氏，有燕代鲜卑人血统，所以明帝很像鲜卑人。

王敦造反时，顿兵姑孰。明帝换了便装前往察访，路过一客店，店中老太婆是一异人，明帝约她同去。

二人在王敦营垒外察看一周，有军士发觉，说道："此非常人。"这时王敦正在睡觉，忽然有感，心动，从床上跳起来说："必是黄须鲜卑奴来了！"派人便追，明帝已走了二三里。追赶的人在路上碰到一个老太婆，问："看见黄须人骑马过去吗？"老太婆说："早已过去多时。"追赶的人只好颓然而返。

羲之吐唾纵横

王羲之十岁时，王敦很喜欢他，常带在身边睡。

有一次，王敦早起，和钱凤在前厅密谋造反，忘了羲之还在睡觉。羲之那时已醒，听到王敦的密谋，心知非同小可，这条小命大概活不成了。于是他就把口水吐在被上，又涂在脸上，假装睡得很熟。

一会儿，王敦果然想起羲之还在帐中，便来察看。一见羲之口水涂得满脸，以为是睡熟了，就不再怀疑了。

支愍度说法救饥

愍度和尚刚要渡江时，与一北来的和尚为伴。那和尚说："这次到江南，如果采用旧义说法，恐怕混饭吃都会有困难。"于是共立"心无义"。

后来那和尚渡江不成，愍度却在江南讲"心无义"多年。那和尚便大笑说："心无义哪可用来说法。当时我提这个办法，不过为了救饥而已。岂可因此便背叛如来呢！"

孙绰嫁出怪女儿

王坦之的弟弟阿智，顽劣不驯，没有人肯嫁他。刚好孙绰有个女儿，脾气古怪，没人敢要。

孙绰便去见王坦之兄弟，把女儿吹得天花乱坠，又说："外传阿智找不到媳妇，岂有此理！只可惜我孙家是寒门，不敢高攀你们太原王家而已。"王坦之兄弟大喜，便告诉父亲王述，把孙绰女儿娶了过来。孙绰的女儿嫁过来以后，泼辣无理，远过阿智。王家才知是孙绰使诈。

谢安使诈教子

谢遏小时候喜欢穿戴紫罗香囊，谢安很不高兴。为了不伤他的心，谢公便使诈与谢遏赌博，一赢过来便把紫罗香囊烧了。

遏，谢玄小字。

黜免第二十八

狂人何所徙

诸葛宏少有清誉，王衍很推重他。

有一次，诸葛宏受到他继母族人的陷害，说他是"狂逆"，于是朝廷下令把他迁徙到远方。

诸葛临行前，王衍来送行。诸葛问："我到底犯了什么罪？"王衍说："人家控告你狂逆。"诸葛大怒道："逆便杀头好了，狂要搬到哪里？"

桓温怒贬捉猿人

桓温征蜀，路过长江三峡，部属中有人捉到一只小猿，母猿便沿岸哭嚎，行百余里仍不走。后来那只母猿一时想不开，就跳上船来撞死了。那人把母猿剖开，只见肠子寸寸断裂。

桓公听了大怒，把那人贬了出去。

咄咄怪事

殷浩北征失败，被废为庶民，迁往信安居住。

有人见殷浩整天在空中写字，仔细看了半天，才知道他所写的是"咄咄怪事"四字。

看人吃蒸薤

桓温有个参军，有一次在吃蒸的薤（xiè）菜，薤菜纠缠解不开，同座的人不肯相助，那参军又夹住不放，全座大笑。桓温知道了大怒，便把那些大笑的人免职了。

桓温逼人太甚

桓温既废太宰父子，上书说："若除太宰父子，可无后忧。"简文帝回答说："这种话我不忍说出口。"桓温不听，又上来催促。简文帝说："如果晋室威灵长在，请奉此诏。如果气运已尽，我便让贤！"桓温看了，手颤汗流，才不敢逼迫。于是，太宰父子被迁往新安。

殷仲文自取灭亡

殷仲文素有名望，自谓必做宰相。后来他做东阳太守，愤愤不平。有一天他看见富阳山水，形势雄壮，慨然叹道："此地当出一个孙伯符！"终以造反被杀。

孙策，字伯符，富春人，所以殷仲文有此一叹。

上不着天，下不着地

殷浩被贬为庶民后，恨简文帝说："你把我送上百尺高楼，忽又把梯子抽了去，叫我怎么办才好？"

俭啬第二十九

和峤计核算钱

和峤为人十分吝啬，家有好李，不肯送人吃，诸弟到园中采李子吃，也要计核算钱。

王济对姐夫的吝啬大为不满。有一天，趁和峤出门上班时，王济带了族中少年闯入李子园大吃，吃饱了就把李枝砍下来。然后送了一车子的李枝给和峤，说："请吃吃看这些李子味道怎样？"和峤只有苦笑而已。

王戎夜夜算钱

王戎家极有钱，却一向不愿花钱，故生活极省。每天晚上都只见他和夫人坐在烛光下，用筹码算钱。

有一次他的侄儿结婚，王戎只送了一件单衣，过后又要了回来。

王戎钻李核

王戎家有好李，常常担心卖李子的人会拿去种。因此他家的李子出门之前，都把核钻破。

王戎向女儿收回嫁妆

王戎嫁女儿给裴頠，借了数万钱给女儿作嫁妆。女儿每次回来，王戎都没有好脸色。直到有一天，女儿把钱还了，王戎才点头微笑。

只送"王不留行"

卫展在江州时，有亲友来投，概不料理，只送"王不留行"一斤。因此，人人来投，便都立刻上车就走。

李轨听了，叹息道："家舅刻薄，竟用草木做逐客令！"

"王不留行"是一种草药，据说久服能轻身，一般用来除风。

庾亮吃薤留根

苏峻之乱，庾亮投奔陶侃。陶侃性俭啬，请庾亮吃薤菜。庾亮故意把菜根留下来。陶公说："菜根有何用？"庾亮说："留起来种呀！"陶公大为叹服，说道："庾公不只风流，而且实际。"

郗公家法

郗愔大事聚敛，有钱数千万。郗超很看不过去，便决心要让他老子觉悟。

按郗公家法：子弟来见面不坐，站着也不走，便是暗示要钱的。因此郗超每天一大早就去向郗愔问候。

郗愔说："你每天都来，其实只是要钱罢了。"一气之下，便把钱库开放一天，说："你就挥霍一天吧，看你能用多少。"郗愔以为最多也就用去几百万。哪知郗超却把亲友都找来，一一分用，钱库一下子就光了。郗愔看得舌头都收不回来了。

汰侈第三十

行酒斩美人

石崇每次请客，都叫美人劝酒。如有客不肯干杯，立斩美人无赦。

王导和王敦有一次到石崇家造访。王导酒量小，不能多饮，但碍于石崇的残酷酒令，只好勉力杯到就干。王敦却不肯喝酒，无论美人如何劝酒，都一口回绝。

石崇已经斩了三个美人，王敦脸色仍然不变。王导便责他何必太过分，王敦说："他杀自家人，干我何事！"

厕中侍婢罗列

石崇家的厕所，常有十余个侍婢罗列。厕中放置甲煎粉、沉香汁，香气浓烈。而且规定：如厕必须换上新衣。因此，许多客人羞于在女侍面前脱衣，便不敢去。

王敦有一次上厕所，当着侍女的面脱下旧衣，换上新衣，从容不迫，神态傲然。群婢都说："这人胆子这么大，一定会做贼。"

人乳养的猪

晋武帝在王济家吃饭，侍婢百余人穿着绫罗端菜，菜都用琉璃器皿盛放。席间，武帝尝了一盘蒸猪，味道大是不同，便问这是什么猪？王济说："这小猪是用人乳喂的。"武帝很不以为然，吃了一半便退席。

王恺、石崇斗富

王恺用饴糖当柴火，石崇就用蜡烛当柴火。王恺制作紫丝布步障四十里，石崇就制作锦步障五十里和他对抗。石崇用椒粉涂墙壁，王恺便用赤石脂涂墙壁。

"步障"是从前有钱人家出外时，用来障蔽风寒或沙尘的布幕。

王恺、石崇竞牛走

石崇家的牛，无论形状和气力看起来都比不上王恺家的牛。但是每次出游，石崇的牛出发得很晚，到了要进入洛阳城门时，石崇的牛便迅若飞禽，王恺的牛怎么赶都赶不上。王恺认为很失面子。

王恺偷偷地拿钱去收买石崇家赶牛车的人，问他驾牛的技巧。那人便说："牛本来跑得不慢，只是赶牛车的人配合不上，便强力把牛拉住，所以牛车就慢了。如果牛跑得快时，把车拉斜了，便用偏辕使车子的重心偏在一边，听任牛车奔驰，那就非常快。"王恺听了，很高兴。

从此王、石两家的牛车便一样快了。

王恺痛失神牛

王恺有一匹牛，称作"八百里驳"，最是神骏，王恺每天都把它的蹄角磨得发亮。

王济对王恺说："我射箭不及你，但这次我要和你赌射这头牛。如果我输了，愿意赔你一千万钱。"王恺心想："我的箭射得快，不会输他，而且这样的神物，王济必然舍不得射杀。"便答应了。

赌赛的那天，王恺叫王济先射，王济一箭中的，不容王恺多说，大喝一声："快拿牛心来！"然后高据胡床等候。左右飞奔而出，一会儿就把牛心烤了拿来，王济却把它剁成碎块便走了。

王敦讽刺石崇

颜回和原宪生前至贫，但德行、学问都很高。石崇、王敦二人有一次在太学见了颜、原的画像，石崇便叹息说："我如果和他们同拜夫子门下，自信不会输人。"王敦笑道："你比别人怎样，我是不知道。若和子贡相比，是差不多了。"孔子学生，以子贡最有钱，所以王敦拿来讽刺石崇。石崇知道王敦在讽刺自己，便把脸色一变，说道："君子应当身名俱泰，你怎么拿这种小家子的话来呕我！"

射箭筑金沟

　　王济被免官以后，移家北邙山下，心中不平。那时北邙人多地贵，王济偏就多买地，筑沟用作骑射。沟边用一串串的钱铺在地面，时人称为"金沟"。

忿狷第三十一

魏武杀妓

魏武有一个家妓，声音最是清妙，可惜脾气太坏。魏武想杀她，又舍不得她的歌声；想留下她，又不能忍受她的脾气。于是，魏武另外找了一百个女子，施以训练，其中有一女人歌声和那家妓一样好，魏武便杀了那个家妓。

王述踩鸡蛋

王述性子很急，有一次吃鸡蛋，他用筷子刺不到，大怒，便把鸡蛋掷到地上。鸡蛋在地上旋转不止，王述就用屐（jī）齿去踩。踩又踩不到，愈怒，便又捡起来，放入口中，咬破吐了出来。

王羲之听了大笑，说道："假使王承有这样脾气，我没话说。他的儿子居然比他还暴躁，真是不像话。"

鬼手莫碰人

王胡之趁着下雪去访王恬。王胡之言语间顶了王恬几句，王恬便脸色不好看了。

王胡之走上去拉王恬的手臂说："你对老哥我使什么小性子？"王恬把他的手拨开，骂道："你的手冷得像鬼手，不要来碰我！"

谗险第三十二

王澄劲侠难容人

王澄外表朗爽，内则刚强。刘琨有一次骂他说："你这种个性，恐怕不得好死！"后来王澄脾气不改，终为王敦所杀。

袁悦喜读《战国策》

袁悦口才很好，身边常挟《战国策》。有一次，他对人说："少年时，读《论语》《老子》，后来又读《庄子》《易经》，这些书都没有用。天下最重要的书便是《战国策》。"

袁悦以策术进见会稽王司马道子，道子大为器重，几乱朝纲。王恭知道了之后，才借罪杀了袁悦。

王国宝居心叵测

晋孝武帝非常亲重王国宝和王雅。有一次，王雅推荐王珣给武帝，武帝便很想召见他。过了几天，武帝召见王珣，王国宝自知不如王珣，深恐王珣夺了他的位置，当下便对武帝说："王珣是名流，陛下现在脸上仍有酒意，不宜召见。"于是武帝以为王国宝十分尽职，就不再想召见王珣了。

尤悔第三十三

伯仁因我而死

王敦从荆州起兵下石头城，京师震动。

丞相王导率领王家子弟到台省待罪。周顗非常担心，便想前往营救。

周顗来到台省。王导叫他，他不理，便直入内。周顗见了元帝，为王导家族说了许多好话，元帝才答应饶恕他们。周顗见元帝点头了，很是高兴，便去喝了几杯酒才走。到了门口，见王家子弟还跪在那里，王导上前说："伯仁，我一家百口全交给你了！"周顗竟自不理就走了。

王敦来到石头城后，问王导："周顗可做三公否？"王导不答。"可做尚书令否？"王导也不答。王敦说："既是这样，那我就把他杀了。"王导还是不答。于是王敦终于杀了周顗。

后来，王敦之乱平定，王导才知道周顗曾上书救自己，言辞恳切。王导后悔不迭，仰天长叹道："我不杀伯仁，伯仁因我而死。"

周颙，字伯仁。

知其末而不知其本

简文帝看见田中的稻子，却不认识。问："这是什么草？"左右回答："是稻子。"简文帝为之思过三日，说："岂有知其末而不知其本！"

惭愧而死

桓冲认为自己的德望雅量不及谢安，便请解除扬州刺史让给谢安；又自认为军事经验丰富，便请求出镇荆州。

在苻坚下江南时，桓冲以京师为重，遣其随身精兵三千人赴援，但为谢安所拒。桓冲大惊，说道："谢公虽有庙堂之量，不熟将略，又外示闲暇，派诸年少应敌，天下事已不问可知。"于是便往上明打猎。

后来，淮上捷报传来，桓冲大为惭愧，发病而死。

纰漏第三十四

王敦做了土包子

王敦初娶舞阳公主,在公主家如厕,见漆箱盛有干枣。干枣本用来塞鼻,王敦却说:"厕所也备食品。"就通通吃光了。到他要回家的时候,婢女拿着金澡盆盛水,琉璃碗盛澡豆,用来盥洗,王敦不知,竟把澡豆倒在水中,通通吃了,说是干饭。群婢掩口而笑。

蔡谟误吃彭蜞

蔡谟渡江不久,见了彭蜞(qí)以为是螃蟹,大喜说:"蟹有八足,加上二螯。"便叫人煮了来吃。吃后大吐,才知不是螃蟹。

后来,蔡谟对谢尚提起此事,谢尚大笑说:"你读《尔雅》未免太粗心了。"原来《尔雅》记载彭蜞八足二螯,但同时又说"似蟹而小"，蔡谟不辨其大小，拿了就吃，所以闯祸。

床下蚁动，谓是牛斗

殷仲堪的父亲得了心病，虚弱怕惊动，床下有蚂蚁爬过，以为是牛斗。孝武帝不知道殷仲堪的父亲得了此病，问："听说有殷姓老人家得了这种病，你知道吗？"殷仲堪流泪道："臣不知如何是好。"

侍中献鱼虾

虞啸父做孝武帝的侍中。侍中要献上善言以代替不善，这叫作"献替"。

有一天，孝武帝问虞啸父："你做侍中以来，全无献替，这是怎么回事？"虞啸父是会稽人，家住在海边，又很富有，他听了孝武帝的话，以为皇上要他贡献海产。便笑说："天气还暖和，海中鱼虾过些时候才会有，到时臣立刻献上。"孝武帝抚掌大笑。

惑溺第三十五

荀粲殉情

荀粲娶妻曹氏，十分美丽，所以夫妻感情如胶如蜜。

有一年冬天，曹氏得了热病，身子发烫得厉害，荀粲便到庭中把身体冷一冷，回来抱住妻子使她降下体温，但曹氏还是没有获救。曹氏死后，荀粲不久也死了，亡年二十九。

荀粲死前说过："妇人的才德姿色能够都具备的极少，所以才德不足，便应以姿色为主。"裴頠听了说道："世人不要被这话误导，娶妻自不能以姿色为主。"

韩寿偷香

韩寿姿貌清秀，在贾充手上做事。贾充的女儿常在青琐（窗帘）中偷看他，自此常做绮梦。后来贾家的婢女偷偷地去韩寿家对他说："我家小姐不但美丽，而且常思念你。"韩寿大为心动，决意前往相会。

贾充家的门墙又高又密，但韩寿仗着身手矫捷，竟跳墙而入。贾女一见，对他愈是温存不舍。

不久，贾充发觉女儿对于妆饰非常注意，眉目间流露喜悦，和从前大不相同。

有一天，他又闻到韩寿身上有一股异香，这种香气只有他家和陈骞家才有，自此心中便怀疑韩寿和女儿有私情。

贾充不动声色，只是托言为了防盗，重修墙垣，但修墙的人说："墙都完好，只有东北角上有人迹。而东北角的墙最高，常人实无法翻越。"贾充只好把婢女找来，暗中拷问，婢女知道无法再瞒，便都说了出来。贾充便秘密地把女儿嫁给了韩寿。

雷尚书

丞相王导身边有一爱妾，姓雷，聪明秀丽，在家中常帮助丞相处理公事，收受金钱。蔡谟知道了这纰漏，便笑说："这是丞相的雷尚书。"

仇隙第三十六

一语成谶

石崇的歌妓绿珠，美而善于吹笛，石崇爱她爱得要死。孙秀一见，便恃强来夺。石崇说："别的都可以答应，绿珠我绝不给。"孙秀使者说："石公博通古今，还请三思。"石崇不理。

潘岳和石崇是旧友，从前很瞧不起孙秀。孙秀做中书令时，二人在中书省碰面，潘说："孙公还记得从前我们在一起吗？"孙说："中心藏之，何日忘之。"潘岳便知道孙秀一定会报复。

孙秀是赵王司马伦的心腹，后来孙秀公报私仇，潘岳和石崇同日弃市。

潘岳、石崇在刑场见了面，彼此大感意外。石崇对潘岳说："你也在这里吗？"潘说："'真是白首同所归'了。"原来潘岳的《金谷集》有诗赠石崇说："投分寄石友，白首同所归。"这话想不到竟成了预言。

谶（chèn），就是预言的意思。

豪杰难防小人

刘玙、刘琨两兄弟，小时候得罪了王恺。王恺在家中预先挖了坑道，准备把二刘活埋。有一天，王恺借故把二刘邀请到家中饮酒住宿，想在夜间动手。

石崇和二刘的交情很好，他听说二刘到王恺家中住，就知道一定会有变故。于是石崇立刻到王恺家，问二刘何在，王恺仓促间瞒不住了，只好说："在后堂中睡觉。"石崇也不再多说，直入后堂，把二刘唤醒，拉了出来，上车便走。

事后，石崇责备二刘说："少年人岂可随便在人家里过夜！"

后来，刘玙和刘琨都知名于时，并称豪杰。

附录 原典精选

德行第一

◎ 陈仲举言为士则，行为世范，登车揽辔，有澄清天下之志。为豫章太守，至，便问徐孺子所在，欲先看之。主簿曰："群情欲府君先入廨。"陈曰："武王式商容之闾，席不暇暖。吾之礼贤，有何不可！"

◎ 郭林宗至汝南，造袁奉高，车不停轨，鸾不辍轭；诣黄叔度，乃弥日信宿。人问其故，林宗曰："叔度汪汪如万顷之陂，澄之不清，扰之不浊，其器深广，难测量也。"

◎ 陈元方子长文有英才，与季方子孝先，各论其父功德，争之不能决，咨于太丘。太丘曰："元方难为兄，季方难为弟。"

◎ 晋文王称阮嗣宗至慎，每与之言，言皆玄远，未尝臧否人物。

◎ 王戎、和峤同时遭大丧，俱以孝称。王鸡骨支床，和哭泣备礼。武帝谓刘仲雄曰："卿数省王、和不？闻和哀苦过礼，使人忧之！"仲雄曰："和峤虽备礼，神气不损；王戎虽不备礼，而哀毁骨立。臣以和峤生孝，王戎死孝；陛下不应忧峤，而应忧戎。"

◎ 谢奕作剡令，有一老翁犯法，谢以醇酒罚之，乃至过醉而犹未已。太傅时年七八岁，着青布绔（kù，同裤），在兄膝边坐，谏曰："阿兄，老翁可念，何可作此？"奕于是改容曰："阿奴欲放去邪？"遂遣之。

◎ 王恭从会稽还，王大看之，见其坐六尺簟，因语恭："卿东来，故应有此物，可以一领及我？"恭无言。大去后，即举所坐者送之。既无余席，便坐荐上。后大闻之，甚惊，曰："吾本谓卿多，故求耳。"对曰："丈人不悉恭，恭作人无长物。"

言语第二

◎ 边文礼见袁奉高，失次序。奉高曰："昔尧聘许由，面无怍（zuò）色。先生何为颠倒衣裳？"文礼答曰："明府初临，尧德未彰，是以贱民颠倒衣裳耳。"

◎ 孔文举年十岁，随父到洛。时李元礼有盛名，为司隶校尉。诣门者，皆俊才清称及中表亲戚乃通。文举至门，谓吏曰："我是李府君亲。"既通，前坐。元礼问曰："君与仆有何亲？"对曰："昔先君仲尼，与君先人伯阳，有师资之尊，是仆与君奕世为通好也。"元礼及宾客莫不奇之。太中大夫陈韪后至,人以其语语之。韪曰:"小时了了,大未必佳!"文举曰:"想君小时必当了了!"韪大踧踖(cù jí)。

◎ 祢衡被魏武谪为鼓吏,正月半试鼓,衡扬枹为《渔阳》掺挝,渊渊有金石声,四座为之改容。孔融曰:"祢衡罪同胥靡,不能发明王之梦!"魏武惭而赦之。

◎ 南郡庞士元,闻司马德操在颍川,故二千里候之。至,遇德操采桑,士元从车中谓曰:"吾闻丈夫处世,当带金佩紫,焉有屈洪流之量,而执丝妇之事?"德操曰:"子且下车。子适知邪径之速,不虑失道之迷。昔伯成耦耕,不慕诸侯之荣;原宪桑枢,不易有官之宅。何有坐则华屋,行则肥马,侍女数十,然后为奇?此乃许、父所以慷慨,夷、齐所以长叹。虽有窃秦之爵,千驷之富,不足贵也!"士元曰:"仆生出边垂,寡见大义。若不一叩洪钟、伐雷鼓,则不识其音响也。"

◎ 满奋畏风,在晋武帝坐;北窗作琉璃屏风,实密似疏,奋有难色。帝笑之。奋答曰:"臣犹吴牛,见月而喘。"

◎ 过江诸人,每至美日,辄相邀新亭,籍卉饮宴。周侯中坐而叹曰:"风景不殊,正自有山河之异!"皆相视流泪。唯王丞相愀然变色曰:"当共勠力王室,克复神州,何至作楚囚相对!"

◎ 卫洗马初欲渡江,形神惨悴,语左右云:"见此芒芒,不觉百端交集。苟未免有情,亦复谁能遣此!"

◎ 高座道人不作汉语。或问此意，简文曰："以简应对之烦。"

◎ 庾公尝入佛图，见卧佛，曰："此子疲于津梁。"于时以为名言。

◎ 孙齐由、齐庄二人，小时诣庾公，公问齐由何字，答曰："字齐由。"公曰："欲何齐邪？"曰："齐许由。""齐庄何字？"答曰："字齐庄。"公曰："欲何齐？"曰："齐庄周。"公曰："何不慕仲尼而慕庄周？"对曰："圣人生知，故难企慕。"庾公大喜小儿对。

◎ 张玄之、顾敷，是顾和中外孙，皆少而聪慧，和并知之，而常谓顾胜。亲重偏至，张颇不恹（yān）。于时，张年九岁，顾年七岁，和与俱至寺中，见佛般泥洹像，弟子有泣者，有不泣者。和以问二孙。玄谓："被亲故泣，不被亲故不泣。"敷曰："不然。当由忘情故不泣，不能忘情故泣。"

◎ 康法畅造庾太尉，握麈尾至佳。公曰："此至佳，那得在？"法畅曰："廉者不求，贪者不与，故得在耳。"

◎ 桓公北征，经金城，见前为琅邪时种柳，皆已十围，慨然曰："木犹如此，人何以堪！"攀枝执条，泫然流泪。

◎ 顾悦与简文同年，而发蚤白。简文曰："卿何以先白？"对曰："蒲柳之姿，望秋而落；松柏之质，经霜弥茂。"

◎ 谢胡儿语庾道季："诸人莫当就卿谈，可坚城垒。"庾曰："若文度来，我以偏师待之；康伯来，济河焚舟。"

◎ 王子敬云："从山阴道上行，山川自相映发，使人应接不暇。若秋冬之际，尤难为怀。"

◎ 谢太傅问诸子侄："子弟亦何预人事，而正欲使其佳？"诸人莫有言者。车骑答曰："譬如芝兰玉树，欲使其生于阶庭耳。"

◎ 谢灵运好戴曲柄笠，孔隐士谓曰："卿欲希心高远，何不能遗曲盖之貌？"谢答曰："将不畏影者，未能忘怀？"

政事第三

◎ 丞相末年，略不复省事，正封篆诺之。自叹曰："人言我愦愦，后人当思此愦愦！"

◎ 陶公性检厉，勤于事。作荆州时，敕船官悉录锯木屑，不限多少。咸不解此意。后正会，值积雪始晴，听事前除雪后犹湿，于是悉用木屑覆之，都无所妨。官用竹，皆令录厚头，积之如山。后桓宣武伐蜀，装船，悉以作钉。又云：尝发所在竹篙，有一官长连根取之，仍当足，乃超两阶用之。

文学第四

◎ 郑玄在马融门下，三年不得相见，高足弟子传授而已。尝算浑天不合，诸弟子莫能解；或言玄能者，融召令算，一转便决。众咸骇服。及玄业成辞归，既而融有"礼乐皆东"之叹，恐玄擅名而心忌焉。玄亦疑有追，乃坐桥下，在水上据屐。融果转式逐之，告左右曰："玄在土下水上而据木，此必死矣。"遂罢追。玄竟以得免。

◎ 庾子嵩读《庄子》，开卷一尺许便放去，曰："了不异人意。"

◎ 客问乐令"旨不至"者，乐亦不复剖析文句，直以麈尾柄确几曰："至不？"客曰："至。"乐因又举麈尾曰："若至者，那得去？"于是客乃悟服。乐辞约而旨达，皆此类。

◎ 初，注《庄子》者数十家，莫能究其旨要。向秀于旧注外，为《解义》，妙析奇致，大畅玄风，唯《秋水》、《至乐》二篇未竟，而秀卒。秀子幼，《义》遂零落，然犹有别本。郭象者，为人薄行有俊才；见秀《义》不传于世，遂窃以为己注；乃自注《秋水》、《至乐》二篇，又易《马蹄》一篇，其余众篇，或定点文句而已。后秀《义》别本出，故今有向、郭二《庄》，其义一也。

◎ 阮宣子有令闻，太尉王夷甫见而问曰："老庄与圣教同异？"对曰："将无同！"太尉善其言，辟之为掾。世谓"三语掾"。卫玠嘲之曰："一言可辟，何假于三？"宣子曰："苟是天下人望，亦可无言而辟，复何假一？"遂相与为友。

◎ 褚季野语孙安国云："北人学问，渊综广博。"孙答曰："南人学问，清通简要。"支道林闻之曰："圣贤固所忘言，自中人以还，北人看书，如显处视月；南人学问，如牖中窥日。"

◎ 有北来道人好才理，与林公相遇于瓦官寺，讲《小品》。于时竺法深、孙兴公悉共听。此道人语，屡设疑难，林公辩答清析，辞气俱爽。此道人每辄摧屈。孙问深公："上人当是逆风家，向来何以都不言？"深公笑而不答。林公曰："白旃檀非不馥，焉能逆风？"深公得此义，夷然不屑。

◎ 孙安国往殷中军许共论，往反精苦，客主无间。左右进食，冷而复暖者数四。彼我奋掷麈尾，悉脱落满餐饭中，宾主遂至莫忘食。殷乃语孙曰："卿莫作强口马，我当穿卿鼻！"孙曰："卿不见决鼻牛，人当穿卿颊！"

◎ 支道林造《即色论》，论成，示王中郎，中郎都无言。支曰："默而识之乎？"王曰："既无文殊，谁能见赏？"

◎ 王逸少作会稽，初至，支道林在焉。孙兴公谓王曰："支道林拔新领异，胸怀所及乃自佳，卿欲见不？"王本自有一往隽气，殊自轻之。后孙与支共载往王许，王都领域，不与交言。须臾支退。后正值王当行，车已在门，支语王曰："君未可去，贫道与君小语。"因论《庄子·逍遥游》。支作数千言，才藻新奇，花烂映发。王遂披襟解带，留连不能已。

◎ 殷中军读《小品》，下二百签，皆是精微，世之幽滞。尝欲与支道林辩之，竟不得。今《小品》犹存。

◎ 于法开始与支公争名，后情渐归支，意甚不分，遂遁迹剡下。遣弟子出都，语使过会稽。于时支公正讲《小品》。开戒弟子："道林讲，比汝至，当在某品中。"因示语攻难数十番，云："旧此中不可复通。"弟子如言诣支公。正值讲，因谨述开意。往反多时，林公遂屈，厉声曰："君何足复受人寄载来！"

◎ 谢公因子弟集聚，问："《毛诗》何句最佳？"遏称曰："'昔我往矣，杨柳依依；今我来思，雨雪霏霏。'"公曰："'訏谟定命，远猷辰告。'"谓此句偏有雅人深致。

◎ 张凭举孝廉，出都，负其才气，谓必参时彦。欲诣刘尹，乡里及同举者共笑之。张遂诣刘，刘洗濯料事，处之下座，唯通寒暑，神意不接。张欲自发，无端；顷之，长史诸贤来清言，客主有不通处，张乃遥于末坐判之，言约旨远，足畅彼我之怀，一坐皆惊。真长延之上坐，清言弥日，因留宿至晓。张退，刘曰："卿且去，正当取卿共诣抚军。"张还船，同侣问何处宿，张笑而不答。须臾，真长遣传教觅张孝廉船，同侣愕然。即同载诣抚军。至门，刘前进谓抚军曰："下官今日为公得一太常博士妙选！"既前，抚军与之话言，咨嗟称善，曰："张凭勃窣为理窟！"即用为太常博士。

◎ 司马太傅问谢车骑："惠子其书五车，何以无一言入玄？"谢曰："故当是其妙处不传。"

◎ 文帝尝令东阿王七步作诗，不成者行大法。应声便为诗曰："煮豆持作羹，漉菽以为汁。萁在釜下燃，豆在釜中泣。本自同根生，相煎何太急！"帝深有惭色。

◎ 郭景纯诗云："林无静树，川无停流。"阮孚云："泓峥萧瑟，实不可言。每读此文，辄觉神超形越。"

◎ 习凿齿史才不常，宣武甚器之，未三十，便用为荆州治中。凿齿谢笺亦云："不遇明公，荆州老从事耳。"后至都见简文，返命，宣武问："见相王何如？"答云："一生不曾见此人！"从此忤旨，出为衡阳郡，性理遂错。于病中犹作《汉晋春秋》，品评卓逸。

◎ 王孝伯在京，行散至其弟王睹户前，问"古诗中何句为最？"睹思未答。孝伯咏"所遇无故物，焉得不速老！""此句为佳。"

方正第五

◎ 高贵乡公薨，内外喧哗。司马文王问侍中陈泰曰："何以静之？"泰云："唯杀贾充以谢天下！"文王曰："可复下此不？"对曰："但见其上，未见其下！"

◎ 山公大儿着短帢（qià），车中倚。武帝欲见之，山公不敢辞，问儿，儿不肯行。时论乃云胜山公。

◎ 卢志于众坐问陆士衡："陆逊、陆抗是君何物？"答曰："如卿于卢毓、卢珽。"士龙失色。既出户，谓兄曰："何至如此！

彼容不相知也。"士衡正色曰："我父、祖名播海内，宁有不知？鬼子敢尔！"议者疑二陆优劣，谢公以此定之。

◎ 诸葛恢大女适太尉庾亮儿，次女适徐州刺史羊忱儿。亮子被苏峻害，改适江虨。恢儿娶邓攸女。于时谢尚书求其小女婚，恢乃云："羊、邓是世婚，江家我顾伊，庾家伊顾我，不能复与谢裒儿婚。"及恢亡，遂婚。于是王右军往谢家看新妇，犹有恢之遗法：威仪端详，容服光整。王叹曰："我在遣女，裁得尔耳！"

◎ 周叔治作晋陵太守，周侯、仲智往别，叔治以将别，涕泗不止。仲智恚之曰："斯人乃妇女！与人别，唯啼泣。"便舍去。周侯独留与饮酒言话，临别流涕，抚其背曰："奴好自爱！"

◎ 周伯仁为吏部尚书，在省内夜疾危急，时刁玄亮为尚书令，营救备亲好之至。良久小损。明旦，报仲智，仲智狼狈来。始入户，刁下床对之大泣，说伯仁昨危急之状。仲智手批之，刁为辟易于户侧。既前，都不问病，直云："君在中朝，与和长舆齐名，那与佞人刁协有情！"径便出。

◎ 王含作庐江郡，贪浊狼藉。王敦护其兄，故于众坐称："家兄在郡定佳，庐江人士咸称之。"时何充为敦主簿，在坐，正色曰："充即庐江人，所闻异于此！"敦默然。旁人为之反侧，充晏然神意自若。

◎ （明帝）〔元帝〕在西堂，会诸公饮酒，未大醉，帝问："今名臣共集，何如尧、舜时？"周伯仁为仆射，因厉声曰："今虽同人主，复那得等于圣治！"帝大怒，还内，作手诏，满一黄纸，遂付廷尉令收，因欲杀之。后数日，诏出周，群臣往省之。周曰："近知当不死，罪不足至此。"

◎ 王大将军当下，时咸谓无缘尔。伯仁曰："今主非尧、舜，何能无过？且人臣安得称兵以向朝廷？处仲狼抗刚愎，王平子何在？"

◎ 梅颐尝有惠于陶公，后为豫章太守，有事，王丞相遣收之。侃曰："天子富于春秋，万机自诸侯出，王公既得录，陶公何为不可放？"乃遣人于江口夺之。颐见陶公，拜，陶公止之。颐曰："梅仲真膝，明日岂可复屈邪？"

◎ 江仆射年少，王丞相呼与共棋。王手常不如两道许，而欲敌道戏，试以观之。江不即下。王曰："君何以不行？"江曰："恐不得尔！"傍有客曰："此年少戏乃不恶。"王徐举首曰："此年少，非唯围棋见胜！"

雅量第六

◎ 豫章太守顾劭，是雍之子。劭在郡卒。雍盛集僚属自围棋。外启信至，而无儿书，虽神色不变，而心了其故，以爪掐掌，血流沾襟。宾客既散，方叹曰："已无延陵之高，岂可有丧明之责！"于是豁情散哀，颜色自若。

◎ 嵇中散临刑东市，神气不变。索琴弹之，奏《广陵散》。

曲终，曰："袁孝尼尝请学此散，吾靳固不与，《广陵散》于今绝矣！"太学生三千人上书请以为师，不许。文王亦寻悔焉。

◎ 裴遐在周馥所，馥设主人，遐与人围棋，馥司马行酒。正戏，不时为饮。司马恚，因曳遐坠地。遐还坐，举止如常，颜色不变，复戏如故。王夷甫问遐："当时何得颜色不异？"答曰："直是暗当故耳。"

◎ 王夷甫与裴景声志好不同，景声恶欲取之，卒不能回。乃故诣王肆言极骂，要王答己，欲以分谤。王不为动色，徐曰："白眼儿遂作。"

◎ 有往来者云："庾公有东下意。"或谓王公："可潜稍严，以备不虞。"王公曰："我与元规虽俱王臣，本怀布衣之好。若其欲来，吾角巾径还乌衣，何所稍严？"

◎ 谢太傅盘桓东山，时与孙兴公诸人泛海戏。风起浪涌，孙、王诸人色并遽，便唱使还。太傅神情方王，吟啸不言。舟人以公貌闲意说，犹去不止。既风转急，浪猛，诸人皆喧动不坐。公徐云："如此，将无归！"众人即承响而回。于是审其量，足以镇安朝野。

◎ 桓公伏甲设馔，广延朝士，因此欲诛谢安、王坦之。王甚遽，问谢曰："当作何计？"谢神意不变，谓文度曰："晋祚存亡，在此一行！"相与俱前。王之恐状，转见于色。谢之宽容，愈表于貌。望阶趋席，方作"洛生咏"，讽"浩浩洪流"。桓惮其旷远，乃趣解兵。王、谢旧齐名，于此始判优劣。

◎ 支道林还东，时贤并送于征虏亭。蔡子叔前至，坐近林公；谢万石后来，坐小远。蔡暂起，谢移就其处。蔡还，见谢在焉，因合褥举谢掷地，自复坐。谢冠帻倾脱，乃徐起，振衣就席，神意甚平，不觉瞋沮。坐定，谓蔡曰："卿奇人，殆坏我面。"蔡答曰："我本不为卿面作计！"其后二人俱不介意。

◎ 郗嘉宾钦崇释道安德问，饷米千斛，修书累纸，意寄殷勤。道安答，直云："损米，愈觉有待之为烦。"

◎ 刘越石为胡骑所围数重，城中窘迫无计。刘始夕，乘月登楼清啸，胡贼闻之，皆凄然长叹；中夜奏胡笳，贼皆流涕嘘唏，人有怀土之切；向晚，又吹，贼并弃围而散走。或云是刘道真。

识鉴第七

◎ 曹公少时见乔玄，玄谓曰："天下方乱，群雄虎争，拨而理之，非君乎？然君实是乱世之英雄，治世之奸贼！恨吾老矣，不见君富贵，当以子孙相累。"

◎ 曹公问裴潜曰："卿昔与刘备共在荆州，卿以备才如何？"潜曰："使居中国，能乱人，不能为治；若乘边守险，足为一方之主。"

◎ 石勒不知书，使人读《汉书》，闻郦食其劝立六国后，刻印将授之，大惊曰："此法当失，云何得遂有天下？"至留侯谏，乃曰："赖有此耳！"

赏誉第八

◎ 裴令公目夏侯太初："肃肃如入廊庙中，不修敬而人自敬。"
一曰："如入宗庙，琅琅但见礼乐器。见钟士季，如观武库，森森
但睹矛戟在前。见傅兰硕，汪翔靡所不有。见山巨源，如登山临
下，幽然深远。"

◎ 刘万安，即道真从子，庾公所谓"灼然玉举"。又云："千
人亦见，百人亦见。"

◎ 桓茂伦云："褚季野皮里阳秋。"谓其裁中也。

◎ 桓温行经王敦墓边过，望之云："可儿！可儿！"

◎ 王仲祖称殷渊源："非以长胜人，处长亦胜人。"

◎ 许玄度言："《琴赋》所谓'非至精者，不能与之析理，'
刘尹其人；'非渊静者，不能与之闲止，'简文其人。"

◎ 刘尹道江道群："不能言而能不言。"

品藻第九

◎ 庞士元至吴，吴人并友之。见陆绩、顾劭、全琮而为之目曰："陆子所谓驽马有逸足之用，顾子所谓驽牛可以负重致远。"或问："如所目，陆为胜邪？"曰："驽马虽精速，能致一人耳。驽牛一日行百里，所致岂一人哉？"吴人无以难。"全子好声名，似汝南樊子昭。"

◎ 世论温太真，是过江第二流之高者。时名辈共说人物，第一将尽之间，温常失色。

◎ 何次道为宰相，人有讥其信任不得其人。阮思旷慨然曰："次道自不至此。但布衣超居宰相之位，可恨！唯此一条而已。"

◎ 桓公少与殷侯齐名，常有竞心。桓问殷："卿何如我？"殷云："我与我周旋久，宁作我。"

◎ 桓大司马下都，问真长曰："闻会稽王语奇进，尔邪？"刘曰："极进，然故是第二流中人耳！"桓曰："第一流复是谁？"刘曰："正是我辈耳！"

◎ 庾道季云："廉颇、蔺相如虽千载上死人，懔懔恒如有生气；曹蜍、李志虽见在，恹恹如九泉下人。人皆如此，便可结绳而治，但恐狐狸猯狢啖尽。"

◎ 王黄门兄弟三人俱诣谢公，子猷、子重多说俗事，子敬寒温而已。既出，坐客问谢公："向三贤孰愈？"谢公曰："小者最胜！"客曰："何以知之？"谢公曰："'吉人之辞寡，躁人之辞

296

多.'推此知之。"

◎ 谢公问王子敬："君书何如君家尊？"答曰："固当不同。"公曰："外人论殊不尔？"王曰："外人那得知！"

规箴第十

◎ 晋武帝既不悟太子之愚，必有传后意，诸名臣亦多献直言。帝尝在陵云台上坐，卫瓘在侧，欲申其怀，因如醉，跪帝前，以手抚床曰："此坐可惜！"帝虽悟，因笑曰："公醉邪？"

◎ 王夷甫妇，郭泰宁女，才拙而性刚，聚敛无厌，干豫人事。夷甫患之而不能禁。时其乡人幽州刺史李阳，京都大侠，犹汉之楼护。郭氏惮之。夷甫骤谏之，乃曰："非但我言卿不可，李阳亦谓卿不可！"郭氏小为之损。

◎ 王夷甫雅尚玄远，常嫉其妇贪浊，口未尝言"钱"。妇欲试之，令婢以钱绕床，不得行。夷甫晨起，见钱阁行，谓婢曰："举阿堵物却！"

◎ 王平子年十四五，见王夷甫妻郭氏贪欲，令婢路上儋粪。平子谏之，并言不可。郭大怒，谓平子曰："昔夫人临终，以小郎嘱新妇，不以新妇嘱小郎！"急捉衣裾，将与杖。平子饶力，争得脱，逾窗而走。

◎ 王大语东亭："卿乃复伧成不恶，那得与僧弥戏？"

◎ 殷顗病困，看人政见半面。殷荆州兴晋阳之甲，往与顗别，涕零，属以消息所患。顗答曰："我病自当差，正忧汝患耳！"

◎ 远公在庐山中，虽老，讲论不辍。弟子中或有堕者，远公曰："桑榆之光，理无远照；但愿朝阳之晖，与时并明耳。"执经登坐，讽诵朗畅，词色甚苦。高足之徒，皆肃然增敬。

◎ 桓南郡好猎，每田狩，车骑甚盛，五六十里中，旌旗蔽隰。骋良马，驰击若飞，双甄所指，不避陵壑。或行陈不整，麈兔腾逸，参佐无不被系束。桓道恭，玄之族也，时为贼曹参军，颇敢直言，常自带绛绵绳着腰中。玄问："此何为？"答曰："公猎，好缚人士，会当被缚，手不能堪芒也。"玄自此小差。

捷悟第十一

◎ 魏武尝过曹娥碑下，杨修从，碑背上题作"黄绢、幼妇、外孙、齑臼"八字。魏武谓修曰："解不？"答曰："解。"魏武曰："卿未可言，待我思之。"行三十里，魏武乃曰："吾已得。"令修别记所知。修曰："黄绢，色丝也，于字为'绝'；幼妇，少女也，于字为'妙'；外孙，女子也，于字为'好'；齑臼，受辛也，于字为'辤'；所谓'绝妙好辤（辞）'也。"魏武亦记之，与修同，乃叹曰："我才不及卿，三十里觉！"

◎ 王敦引军垂至大桁，明帝自出中堂，温峤为丹阳尹，帝令断大桁；故未断，帝大怒，瞋目，左右莫不悚惧。召诸公来，峤至，不谢，但求酒炙。王导须臾至，徒跣（xiǎn）下地，谢曰："天威在颜，遂使温峤不容得谢。"峤于是下谢，帝乃释然。诸公共叹王机悟名言。

夙慧第十二

◎ 何晏年七岁，明惠若神，魏武奇爱之，因晏在宫内，欲以为子。晏乃画地令方，自处其中。人问其故，答曰："何氏之庐也。"魏武知之，即遣还。

豪爽第十三

◎ 王大将军年少时，旧有田舍名，语音亦楚。武帝唤时贤共言伎艺之事，人皆多有所知，唯王都无所关，意色殊恶。自言知打鼓吹，帝令取鼓与之。于坐振袖而起，扬槌奋击，音节谐捷，神气豪上，傍若无人，举坐叹其雄爽。

◎ 王处仲，世许高尚之目。尝荒恣于色，体为之弊。左右谏之，处仲曰："吾乃不觉尔！如此者甚易耳。"乃开后阁，驱诸婢妾数十人出路，任其所之，时人叹焉。

◎ 王司州在谢公坐，咏："入不言兮出不辞，乘回风兮载云旗！"语人云："当尔时，觉一坐无人！"

容止第十四

◎ 魏武将见匈奴使，自以形陋，不足雄远国，使崔季珪代，帝自捉刀立床头。既毕，令间谍问曰："魏王何如？"匈奴使答曰："魏王雅望非常，然床头捉刀人，此乃英雄也！"魏武闻之，追杀此使。

◎ 何平叔美姿仪，面至白，魏明帝疑其傅粉。正夏月，与热汤饼，既啖，大汗出，以朱衣自拭，色转皎然。

◎ 嵇康身长七尺八寸，风姿特秀。见者叹曰："萧萧肃肃，爽朗清举。"或云："肃肃如松下风，高而徐引。"山公曰："嵇叔夜之为人也，岩岩若孤松之独立；其醉也，傀俄若玉山之将崩。"

◎ 裴令公目王安丰："眼烂烂如岩下电。"

◎ 潘岳妙有姿容，好神情。少时，挟弹出洛阳道，妇人遇者，莫不连手共萦之。左太冲绝丑，亦复效岳游遨，于是群妪齐共乱唾之，委顿而返。

◎ 王夷甫容貌整丽，妙于谈玄；恒捉白玉柄麈尾，与手都无分别。

◎ 裴令公有俊容姿，一旦有疾至困，惠帝使王夷甫往看。

裴方向壁卧，闻王使至，强回视之。王出，语人曰："双眸闪闪，若岩下电；精神挺动，体中故小恶。"

◎ 裴令公有俊容仪，脱冠冕，粗服乱头皆好，时人以为"玉人"。见者曰："见裴叔则，如玉山上行，光映照人！"

◎ 刘伶身长六尺，貌甚丑悴，而悠悠忽忽，土木形骸。

◎ 庾子嵩长不满七尺，腰带十围，颓然自放。

◎ 卫玠从豫章至下都，人久闻其名，观者如堵墙。玠先有羸疾，体不堪劳，遂成病而死，时人谓"看杀卫玠"。

◎ 王长史尝病，亲疏不通。林公来，守门人遽启之曰："一异人在门，不敢不启。"王笑曰："此必林公！"

◎ 王长史为中书郎，往敬和许。尔时积雪，长史从门外下车，步入尚书，着公服，敬和遥望，叹曰："此不复似世中人！"

自新第十五

◎ 周处少年时，凶强侠气，为乡里所患，又义兴水中有蛟，山中有邅迹虎，并皆暴犯百姓，义兴人谓为"三横"，而处尤剧。或说处杀虎斩蛟，实冀"三横"唯余其一。处即刺杀虎，又入水击蛟。蛟或浮或没，行数十里，处与之俱。经三日三夜，乡里皆谓已死，更相庆。竟杀蛟而出。闻里人相庆，始知为人情所患，有自改意。乃自吴寻二陆，平原不在，正见清河，具以情告，并云欲自修改，而年已蹉跎，终无所成。清河曰："古人贵朝闻夕死，况君前途尚可。且人患志之不立，亦何忧令名不彰邪？"处遂自改励，终为忠臣孝子。

企羡第十六

◎ 王丞相过江，自说昔在洛水边，数与裴成公、阮千里诸贤共谈道。羊曼曰："人久以此许卿，何须复尔？"王曰："亦不言我须此，但欲尔时不可得耳！"

伤逝第十七

◎ 王仲宣好驴鸣，既葬，文帝临其丧，顾语同游曰："王好驴鸣，可各作一声以送之。"赴客皆一作驴鸣。

◎ 王浚冲为尚书令，着公服，乘轺车，经黄公酒垆下过，顾谓后车客："吾昔与嵇叔夜、阮嗣宗共酣饮于此垆。竹林之游，亦预其末。自嵇生夭、阮公亡以来，便为时所羁绁。今日视此虽近，邈若山河。"

◎ 王长史病笃，寝卧灯下，转麈尾视之，叹曰："如此人，曾不得四十！"及亡，刘尹临殡，以犀柄麈尾着枢中，因恸绝。

◎ 支道林丧法虔之后，精神霣丧，风味转坠。常谓人曰："昔匠石废斤于郢人，牙生辍弦于钟子，推己外求，良不虚也！冥契既逝，发言莫赏，中心蕴结，余其亡矣！"却后一年，支遂殒。

◎ 戴公见林法师墓，曰："德音未远，而拱木已积。冀神理绵绵，不与气运俱尽耳！"

◎ 王子猷、子敬俱病笃，而子敬先亡。子猷问左右："何以都不闻消息？此已丧矣！"语时了不悲。便索舆来奔丧，都不哭。子敬素好琴，便径入，坐灵床上，取子敬琴弹；弦既不调，掷地云："子敬，子敬，人琴俱亡！"因恸绝良久，月余亦卒。

栖逸第十八

◎ 阮步兵啸闻数百步。苏门山中，忽有真人，樵伐者咸共传说。阮籍往观，见其人拥膝岩侧。籍登岭就之，箕锯相对。籍商略终古，上陈黄、农玄寂之道，下考三代盛德之美，以问之，仡然不应。复叙有为之教，栖神导气之术以观之，彼犹如前，凝瞩不转。籍因对之长啸。良久，乃笑曰："可更作。"籍复啸。意尽，退，还半岭许，闻上嗷然有声，如数部鼓吹，林谷传响。顾看，乃向人啸也。

贤媛第十九

◎ 赵母嫁女，女临去，敕之曰"慎勿为好！"女曰："不为好，可为恶邪？"母曰："好尚不可为，其况恶乎？"

◎ 许允妇，是阮卫尉女，德如妹，奇丑。交礼竟，允无复入理，家人深以为忧。会允有客至，妇令婢视之，还，答曰："是桓郎。"桓郎者，桓范也。妇云："无忧，桓必劝入。"桓果语许云："阮家既嫁丑女与卿，故当有意，卿宜察之。"许便回入内，既见妇，即欲出。妇料其此出无复入理，便捉裾停之。许因谓曰："妇有四德，卿有其几？"妇曰："新妇所乏唯容尔。然士有百行，君有几？"许云："皆备。"妇曰："夫百行以德为首，君好色不好德，何谓皆备？"允有惭色，遂相敬重。

◎ 山公与嵇、阮一面，契若金兰。山妻韩氏觉公与二人异于常交，问公，公曰："我当年可以为友者，唯此二生耳！"妻曰："负羁之妻亦亲观狐、赵，意欲窥之，可乎？"他日，二人来，妻劝公止之宿，具酒肉，夜穿墉以视之，达旦忘反。公入曰："二人何如？"妻曰："君才致殊不如，正当以识度相友耳。"公曰："伊辈亦常以我度为胜。"

◎ 陶公少有大志，家酷贫，与母湛氏同居。同郡范逵素知名，举孝廉，投侃宿。于时冰雪积日，侃室如悬磬，而逵马仆甚多。侃母湛氏语侃曰："汝但出外留客，吾自为计。"湛头发委地，下为二髲，卖得数斛米，斫诸屋柱，悉割半为薪，剉诸荐以为马草，日夕，遂设精食，从者皆无所乏。逵既叹其才辩，又深愧其厚意。明旦去，侃追送不已，且百里许。逵曰："路已远，君宜还。"侃犹不返。逵曰："卿可去矣。至洛阳，当相为美谈。"侃乃返。逵及洛，遂称之然羊晫、顾荣诸人，大获美誉。

◎ 桓车骑不好着新衣，浴后，妇故送新衣与。车骑大怒，催使持去。妇更持还，传语云："衣不经新，何由而故？"桓公大笑，着之。

术解第二十

◎ 荀勖善解音声，时论谓之"暗解"。遂调律吕，正雅乐。每至正会，殿庭作乐，自调宫商，无不谐韵。阮咸妙赏，时谓"神解"。每公会作乐，而心谓之不调。既无一言直勖，意忌之，遂出阮为始平太守。后有一田父耕于野，得周时玉尺，便是天下正尺。荀试以校己所治钟鼓、金石、丝竹，皆觉短一黍。于是伏阮神识。

◎ 晋明帝解占冢宅，闻郭璞为人葬，帝微服往看，因问主人："何以葬龙角？此法当灭族！"主人曰："郭云'此葬龙耳，不出三年，当致天子。'"帝问："为是出天子邪？"答曰："非出天子，能致天子问耳。"

巧艺第二十一

◎ 陵云台楼观极精巧，先称平众木轻重，然后造构，乃无锱铢相负揭。台虽高峻，常随风摇动，而终无倾倒之理。魏明帝登台，惧其势危，别以大材扶持之，楼即颓坏。论者谓轻重力偏故也。

◎ 钟会是荀济北从舅，二人情好不协。荀有宝剑，可直百万，常在母钟夫人许。会善书，学荀手迹，作书与母取剑，仍窃去不还。荀勖知是钟而无由得也，思所以报之。后钟兄弟以千万起一宅，始成，甚精丽，未得移住。荀极善画，乃潜往画钟门堂，作太傅形象，衣冠状貌如平生。二钟入门，便大感动，宅遂空废。

◎ 顾长康画裴叔则，颊上益三毛。人问其故，顾曰："裴楷俊朗有识具，正此是其识具。"看画者寻之，定觉益三毛如有神明，殊胜未安时。

◎ 顾长康好写起人形，欲图殷荆州，殷曰："我形恶，不烦耳。"顾曰："明府正为眼尔。但明点童子，飞白拂其上，使如轻云之蔽日。"

◎ 顾长康画谢幼舆在岩石里。人问其所以，顾曰："谢云'一丘一壑，自谓过之'。此子宜置丘壑中。"

◎ 顾长康画人，或数年不点目精。人问其故，顾曰："四体妍蚩，本无关于妙处，传神写照，正在阿堵中。"

任诞第二十三

◎ 刘伶病酒，渴甚，从妇求酒，妇捐酒毁器，涕泣谏曰："君饮太过，非摄生之道，必宜断之！"伶曰："甚善。我不能自禁，唯当祝鬼神自誓断之耳，便可具酒肉。"妇曰："敬闻命。"供酒肉于神前，请伶祝誓。伶跪而祝曰："天生刘伶，以酒为名。一饮一斛，五斗解酲。妇人之言，慎不可听。"便引酒进肉，隗然已醉矣。

◎ 刘公荣与人饮酒，杂秽非类。人或讥之，答曰："胜公荣者，不可不与饮；不如公荣者，亦不可不与饮；是公荣辈者，又不可不与饮。"故终日共饮而醉。

◎ 刘伶恒纵酒放达，或脱衣裸形在屋中，人见讥之。伶曰："我以天地为栋宇，屋室为裈（kūn）衣，诸君何为入我裈中？"

◎ 阮步兵丧母，裴令公往吊之。阮方醉，散发坐床，箕踞不哭。裴至，下席于地，哭，吊唁毕便去。或问裴："凡吊，主人哭，客乃为礼。阮既不哭，君何为哭？"裴曰："阮方外之人，故不崇礼制。我辈俗中人，故以仪轨自居。"时人叹为两得其中。

◎ 阮仲容先幸姑家鲜卑婢。及居母丧，姑当远移，初云当留婢，既发，定将去。仲容借客驴着重服自追之，累骑而返，曰："人种不可失！"即遥集之母也。

◎ 有人讥周仆射与亲友言戏秽杂无检节。周曰："吾若万里长江，何能不千里一曲？"

◎ 王子猷出都，尚在渚下。旧闻桓子野善吹笛，而不相识。

遇桓于岸上过，王在船中，客有识之者云："是桓子野。"王便令人与相闻，云："闻君善吹笛，试为我一奏。"桓时已贵显，素闻王名，即便回下车，踞胡床，为作三调。弄毕，便上车去。客主不交一言。

◎ 王孝伯问王大："阮籍何如司马相如？"王大曰："阮籍胸中垒块，故须酒浇之。"

◎ 王佛大叹言："三日不饮酒，觉形神不复相亲。"

◎ 王孝伯言："名士不必须奇才，但使常得无事，痛饮酒，熟读《离骚》，便可称名士。"

简傲第二十四

◎ 钟士季精有才理，先不识嵇康，钟要于时贤俊之士，俱往寻康。康方大树下锻，向子期为佐鼓排。康扬槌不辍，傍若无人，移时不发一言。钟起去，康曰："何所闻而来？何所见而去？"钟曰："闻所闻而来，见所见而去。"

排调第二十五

◎ 郝隆为桓公南蛮参军。三月三日会，作诗，不能者，罚酒三升。隆初以不能受罚，既饮，揽笔便作一句云："娵（jū）隅跃清池。"桓问："娵隅是何物？"答曰："蛮名鱼为娵隅。"桓公曰："作诗何以作蛮语？"隆曰："千里投公，始得一蛮府参军；那得不作蛮语也！"

◎ 桓南郡与殷荆州语次，因共作了语。顾恺之曰："火烧平原无遗燎。"桓曰："白布缠棺竖旒旐。"殷曰："投鱼深渊放飞鸟。"次复作危语。桓曰："矛头淅米剑头炊。"殷曰："百岁老翁攀枯枝。"顾曰："井上辘轳卧婴儿。"殷有一参军在坐，云："盲人骑瞎马，夜半临深池。"殷曰："咄咄逼人！"仲堪眇目故也。

轻诋第二十六

◎ 孙绰作《列仙·商丘子赞》曰："所牧何物？殆非真猪。倘遇风云，为我龙摅（shū）。"时人多以为能。王蓝田语人云："近见孙家儿作文，道'何物、真猪'也。"

◎ 支道林入东，见王子猷兄弟，还，人问："见诸王何如？"答曰："见一群白颈乌，但闻唤哑哑声。"

假谲第二十七

◎ 魏武少时，尝与袁绍好为游侠。观人新婚，因潜入主人园中，夜叫呼云："有偷儿贼！"青庐中人皆出观，魏武乃入，抽刃劫新妇。与绍还出，失道，坠枳棘中，绍不能得动，复大叫云："偷儿在此！"绍遑迫自掷出，遂以俱免。

◎ 王大将军既为逆，顿军姑孰。晋明帝以英武之才，犹相猜惮，乃着戎服，骑巴賨（cóng）马，赍（jī）一金马鞭，阴察军形势。未至十余里，有一客姥居店卖食，帝过愒之，谓姥曰："王敦举兵图逆，猜害忠良，朝廷骇惧，社稷是忧，故劬（qú）劳晨夕，用相觇察。恐形迹危露，或致狼狈。追迫之日，姥其匿之。"便与客姥马鞭而去，行敦营匝而出。军士觉，曰："此非常人也！"敦卧心动，曰："此必黄须鲜卑奴来！"命骑追之，已觉多许里，追士因问向姥："不见一黄须人骑马度此邪？"姥曰："去已久矣，不可复及。"于是骑人息意而反。

汰侈三十

◎ 石崇每要客燕集，常令美人行酒，客饮酒不尽者，使黄门交斩美人。王丞相与大将军尝共诣崇，丞相素不能饮，辄自勉强，至于沉醉。每至大将军，固不饮，以观其变。已斩三人，颜色如故，尚不肯饮。丞相让之，大将军曰："自杀伊家人，何预卿事！"

◎ 石崇厕常有十余婢侍列，皆丽服藻饰，置甲煎粉、沉香汁之属，无不毕备。又与新衣着令出，客多羞不能如厕。王大将军往，脱故衣，着新衣，神色傲然。群婢相谓曰："此客必能作贼！"

——选自《世说新语校笺》

《中国历代经典宝库》总目